潘思齐 著

CLASSMATE FATHER

老爸同学

敦煌文艺出版社

图书在版编目（CIP）数据

老爸同学 / 潘思齐著． —— 兰州：敦煌文艺出版社，2019.8（2023.1重印）
ISBN 978-7-5468-1786-6

Ⅰ．①老… Ⅱ．①潘… Ⅲ．①电影文学剧本－作品集－中国－当代 Ⅳ．① I235.1

中国版本图书馆CIP数据核字（2019）第172678号

老爸同学
潘思齐 著

责任编辑：王　倩
装帧设计：李　娟　禾泽木

敦煌文艺出版社出版、发行
地址：（730030）兰州市城关区读者大道568号
邮箱：dunhuangwenyi1958@163.com
0931-2131373　2131397（编辑部）　0931-2131387（发行部）

三河市嵩川印刷有限公司印刷
开本787毫米×1092毫米　1/32　印张8　插页1　字数167千
2019年8月第1版　2023年1月第2次印刷
印数：3 001～6 000

ISBN 978-7-5468-1786-6

定价：38.00元

如发现印装质量问题，影响阅读，请与出版社联系调换。
本书所有内容经作者同意授权，并许可使用。
未经同意，不得以任何形式复制转载。

Contents
目 录

001
老爸同学

123
我的嘟卡弟弟

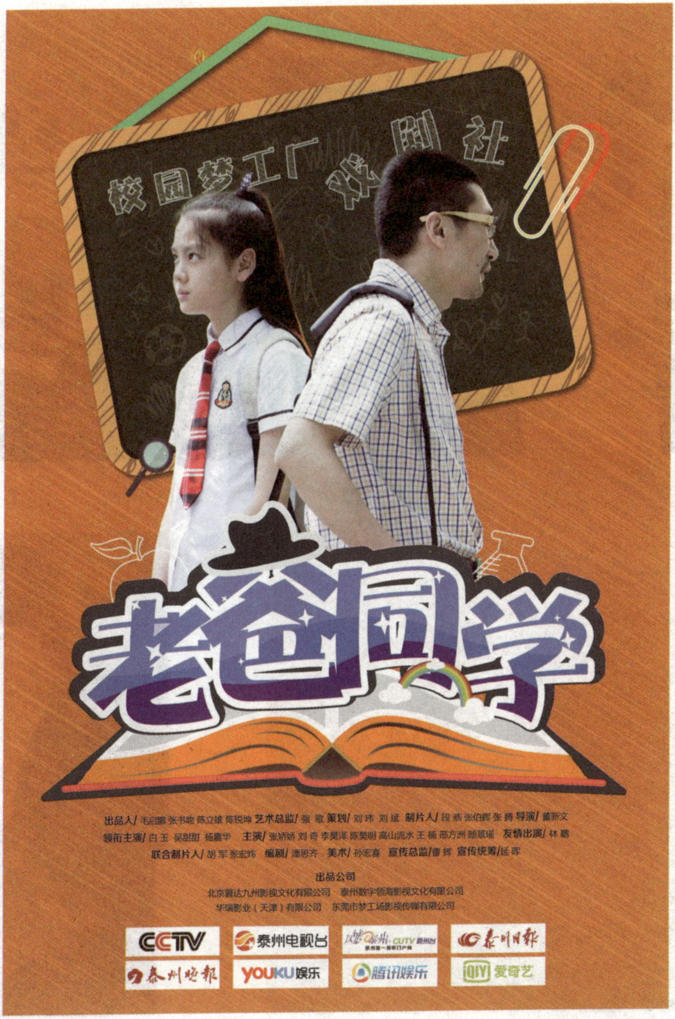

《老爸同学》剧照
/ 摄影

003

《老爸同学》剧照　　/摄影

005

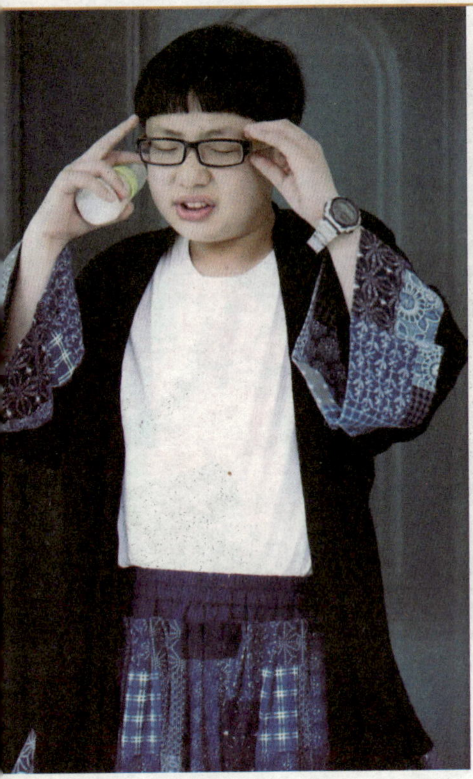

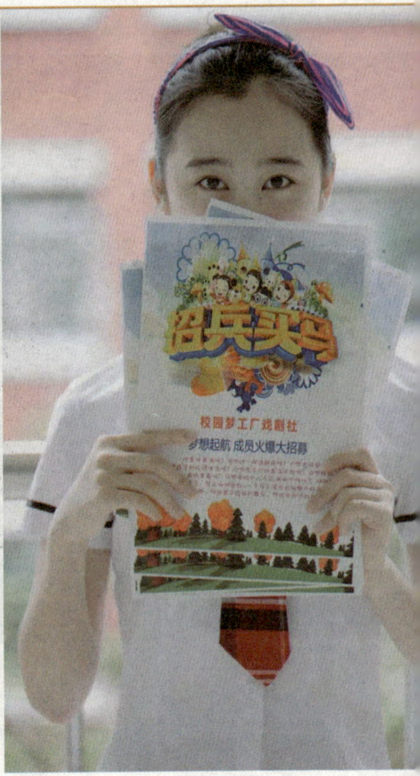
招兵买马
校园梦工厂戏剧社
梦想起航 成员火爆大招募

《老爸同学》剧照　/摄影

《老爸同学》剧照　　/摄影

【儿童电影】

老爸同学

Classmate father

潘思齐 著

1.超现代道路　日　外

【可考虑用动画展示。

【路面渐渐开始堵车,一半的车忽然腾空而起,在距离地面三米左右的空中继续行进,地面和空中的车流都顺畅行进。

【空中的车流中两辆车眼看要发生追尾,后车忽然升至六米左右的第二层空中,轻松避开了一场车祸,所有车继续行进。

2.发明比赛现场　日　内

【屏幕里播放着场1的画面,爸爸赵西北正在台上对着画面一脸严肃但动作夸张地讲解。台下坐着众专家评委和观众。

赵西北:所有的磁场分级设定,再也不怕堵车,一旦遇到危险情况,只需要改变磁力级别,轻松升到第三层备用磁力空间。传统的飞行器的缺点是,如果遇到繁忙的交通,驾驶者不光需要关注左右的变化,还要关注上下是否会撞车,加大驾驶难度,但是我这套磁力设定系统,用固定的磁力分层,让驾驶者仍然只需关注左右的变化即可。好了,我的展示,(立正)完毕!

【众专家评委面面相觑。

评委甲:这不就是……磁悬浮列车?

赵西北:不是,我这套系统的特殊之处在于磁力设定……

【评委乙举起"×",评委们纷纷举起"×"。

赵西北:不不,等一下等一下,我还有另一个发明!

【评委们暂时放下了"×"的牌子,李沫赶紧送上一个睡袋模样的充气袋和一个超大充气筒。

赵西北:这就是我的第二个发明,压力释放器!现在,看我把自己装进去!

【李沫帮着把赵西北装进压力释放器,赵西北冲李沫点头,李沫按下充气筒,袋子开始充气。李沫松开,袋子也松,又充气,又松开,赵西北只把脑袋露在外面,表情随着袋子的充气和松开变换着,一会儿扭曲,一会儿轻松。

赵西北:(表情依然在变换,但努力严肃地)压力释放器,它模拟妈妈的怀抱,无一处遗漏地用压力将你的压力释放!在压力消失的那一刻,你会体会到前所未有的轻松……

【李沫一直按着忘了松开。

赵西北:轻松……松……你松开!

【李沫急忙松开。赵西北大喘气。

【评委们像多米诺骨牌一样整齐连贯地举起了"×"。

【原地转场。

【散场,现场只有赵西北和李沫,赵西北还被困在"压力释放器"里,李沫在一旁接电话。

李沫:(唯唯诺诺)是……对不起老板……是……

【李沫挂电话,赵西北在"压力释放器"里蹦跶过来。

赵西北:先给我解开。

李沫:(边解开)老板说,下次发明大赛,是我们最后一次机会,要还是没获奖,咱小组就解散吧,当然,工作室也……(模拟很凶的样子)收回了!

【赵西北出来,俩人把各自东西整理回行李箱。

赵西北将每样东西都叠得整整齐齐。

赵西北：下次可以换一批年纪小点的评委吗？

李沫：为什么？

赵西北：否则，除了对返老还童的发明，他们不会对别的感兴趣。

李沫：啊，赵西北，你居然也懂开玩笑了！

赵西北：（得意）我一向如此，我女儿叫我"喜剧之王"！

3.学校戏剧社　日　内

【琪琪在接受苹果梨采访，几个同学在一旁观看。

琪琪：我老爸？我老爸可不懂幽默。他常说："发明，需要严谨的态度。"

苹果梨：不会吧？那你不会遗传了你爸爸，把戏剧社办成一个很无趣的社团吧！

琪琪：（示意苹果梨说错了话）怎么可能！同学们请放心，虽然今天是戏剧社成立的第一天，但是我有信心，把戏剧社办成学校最棒最有趣的社团！

苹果梨：那会不会不够严谨？

【琪琪一瞪苹果梨。

4.发明比赛现场　日　内

【赵西北忽然站起来。

赵西北:但是,发明,需要严谨的态度,我必须要压制我与生俱来的幽默细胞。

李沫:好吧,不过你真允许你女儿在学校弄什么戏剧社?

赵西北:那怎么了?

【赵西北又蹲下收拾行李。

李沫:戏剧,你知道戏剧是怎么回事?

赵西北:怎么回事?

李沫:我还是不说了,说完你肯定得跑去学校。

赵西北:(笑)怎么可能!

5.学校戏剧社　日　内

【琪琪从座位上站起来。

琪琪:怎么可能! 只要你看了我们的演出,你就会爱上戏剧! 现在,我就要和我的好朋友苹果梨,为大家带来一段——《罗密欧与朱丽叶》!

苹果梨:(咋咋呼呼)谁都别拦我,我要演戏了!

6.发明比赛现场　日　内

【赵西北拉上行李箱疯狂往外跑。

赵西北:我现在就去学校!

李沫:嘿,他们当着自己的爸爸才不演"儿童不宜"的呢!

赵西北:那我也要去,谁都别拦我!
【音乐起。

7.学校戏剧社更衣室　日　内
【琪琪和苹果梨分别换上表演服装。

8.发明比赛现场门口街道　日　外
【赵西北拉着行李箱从发明比赛现场大门出,在街上打车,打不着,步行往前走,看到一家服装店,进去,出来时已经换了一身与之前风格截然不同的衣服。

9.学校戏剧社更衣室　日　内
【琪琪和苹果梨俩人互相帮忙戴上演出假发。

10.发明比赛现场门口街道　日　外
【赵西北拉着行李箱进了一家假发店,出来戴着一顶奇怪的假发。

11.学校戏剧社更衣室　日　内
【琪琪和苹果梨俩人戴上了面具。

12.发明比赛现场门口街道　日　外
【赵西北拉着行李箱进了一家眼镜店,出来时眼镜已经换成了一副大墨镜。

【赵西北拦上一辆出租车。出租车一溜烟往前开动。

13.空镜

【公路,出租车飞驰而过。

14.学校门口　日　外

【赵西北拉着行李箱下车。

【音乐停。

【赵西北就要往学校门口走,停住,又附身探进驾驶室摘下司机嘴上的口罩。

赵西北:借用一下。

【赵西北带上口罩。

赵西北:(得意)看谁还能认出我!

15.学校走廊　日　内

【赵西北在走廊走。

【踏踏刘背着书包迎面走过来。

踏踏刘:(非常自然地)琪琪爸爸好!

赵西北:(尴尬)好、好……

【赵西北又继续往前走,美术老师麻老师迎面走过来。

　　麻老师:琪琪爸爸,你要找琪琪吗?

　　赵西北:啊,麻老师,不用,不用!

　　【赵西北还在发愣,抱着书本在看书的猫儿从教室出来,头也没有抬。

　　猫儿:琪琪爸爸好。

　　赵西北:好吧,(自嘲)易容术失败。

　　【赵西北摘掉了口罩、墨镜、帽子,只穿着那件奇怪的衣服。

16.学校戏剧社　日　内

　　【赵西北穿着奇怪的衣服,拉着行李箱趴在门口偷看,琪琪和苹果梨在跳《罗密欧与朱丽叶》里的面具舞,两个女孩搂抱在一起。

　　【赵西北看得捶胸顿足又得不发出声。

　　李沫 OS:戏剧里经常有搂搂抱抱。

　　赵西北:(小声地)如果换作是个男孩……

　　【赵西北咬牙切齿,受不了想象,直晃脑袋,又想起李沫的话。

　　李沫 OS:戏剧里还有打打杀杀?

　　【琪琪和苹果梨表演两个家族的打斗。

　　赵西北:打斗!

　　李沫 OS:戏剧里还有各种"儿童不宜"的情话!

琪琪:(饰演朱丽叶)谁的舌头上只要说出了罗密欧的名字,他就在吐露着天上的仙音……

赵西北:情话!

李沫 OS:戏剧会影响孩子的学习,浪费宝贵的时间,甚至,会影响你们父女的感情!

琪琪:(饰演朱丽叶)哦,否认你的父亲,抛弃你的姓名吧。

【赵西北一拍自己的脑门。

赵西北:(懊恼地)哦——

17.学校走廊　日　内

【赵西北穿着奇怪衣服拉着行李箱,气冲冲地走在走廊,还有各个同学打招呼喊"琪琪爸爸"。

赵西北:不行,说什么我也要阻止她办戏剧社!

【走廊另一边,琪琪和苹果梨发着传单过来。

琪琪:欢迎来参加戏剧社,周五中午,我们在活动室等你们哦!

苹果梨:(做撸袖子威胁状)必须来面试!

【赵西北急忙躲到了一棵大绿植后面。
【赵西北的大脑飞速地转了起来。

18.简笔动画或快进式的白背景处理

【赵西北和琪琪叽叽喳喳地争论。

赵西北:不能办!

琪琪:我就要!

赵西北:不能办!

琪琪:我就要!

19.学校走廊　日　内

【赵西北拉着行李箱躲在大绿植后面。

赵西北:(小声)不行不行,这样只会吵个没完。

【叮咚路过赵西北身边。

叮咚:琪琪爸爸好。

【赵西北急忙做"嘘"的表情。叮咚觉得奇怪正要走,赵西北忽然想到了一个主意,便拉住了叮咚。

赵西北:(小声)哎,这位同学,你能不能……帮叔叔个忙啊?

叮咚:(紧张)什……什么忙啊……

赵西北:帮我把琪琪手里的单子都抢过来丢掉!

叮咚:(紧张地要哭)我……我不敢……

赵西北:唉! 走吧走吧!

【叮咚急忙跑开。

赵西北:(嘟囔)我要是小孩就好了,我就混进这一堆小孩里,也不怕被认出了! 哎!

【走廊另一边,琪琪和苹果梨还在发传单。

琪琪:你在这边,我去教室。

苹果梨:得嘞!这儿交给我吧!

【琪琪往赵西北的方向走过来。

【赵西北探头一看,琪琪正往自己这边过来,想要往后退,后面除了教室的门就是走廊尽头。赵西北急得满头大汗。

【就在这时,忽然走廊半开着的窗外闪过一个小孩的身影,手里似乎还握着一根超大的棒棒糖,这个人快速往窗口丢进来一个小瓶子。

【赵西北低头一看,能看到上面写着两个大字"变小"。赵西北急忙捡起来,发现瓶子上写的"变小孩药丸",下面还写着一句简单的说明:服用一颗,做10小时的小孩。

赵西北:(小声自语)真的假的啊?不行,科学需要严谨的态度!

【赵西北再张望一下,琪琪正给一个同学发完传单又往这边走,眼看着就要过来了。

赵西北:有时候科学也需要实验的态度!管不了那么多了!

【赵西北赶紧打开瓶子倒出一粒药丸服下,忽然觉得鼻子一阵痒,打了一个很用力的喷嚏,以至于自己都闭上了眼睛。

【黑屏

【尼小巴(赵西北变小后的名字)主观镜头,琪琪递过一张宣传单。

琪琪:同学,你怎么穿那么大的衣服啊?

【尼小巴睁开眼睛,四下打量自己,那件刚买的奇怪衣服松松垮垮地耷拉在身上,尼小巴欣喜地发现自己变小了。

尼小巴:啊?我……

琪琪:(递过宣传单)欢迎来戏剧社面试!

【琪琪进教室。

【尼小巴急忙跑到走廊窗口往外看,外面形形色色的同学,没有人拿着棒棒糖,窗户玻璃映出一张孩子的脸,尼小巴欣喜又新奇地摸自己的脸,玻璃里的影子也摸自己的脸,赵西北真的变成小孩了。

出片名《老爸同学》

【上课铃响,同学们纷纷进教室,年轻漂亮的语文老师金老师夹着教案经过走廊发现了尼小巴,金老师拎着尼小巴宽大的袖子和行李走进教室。

金老师:还愣着干吗?上课了!

尼小巴:不是……我……

20.学校教室　日　内

【金老师把尼小巴拎进教室。琪琪的座位旁边有一个空座位。

金老师:中间那个空位置,是给你准备的。

尼小巴:我……

金老师:有什么问题,下课再说。(对大家)好,上课!

【所有同学起立喊"老师好"。

【尼小巴来到琪琪旁边,琪琪友好地对尼小巴点头微笑。尼小巴和所有同学一起坐下。

金老师:好的,今天,请大家把语文书翻到四十四页,我们来学习新的一篇课文……

【尼小巴还有点发愣,看着教室里的同学、老师、书桌、桌上摆好的课本,有点摸不着头脑。

【尼小巴的脑子又开始疯狂地运转起来了。

尼小巴 OS:我想我得……严谨地计算计算!

21.简笔动画或哑剧式的白背景处理

【画外音配合描述尼小巴举着各种加一减一的符号。

尼小巴OS:(语速很快)做小孩,学校行动方便,加一分;没时间搞发明,减一分;可是可以为女儿找回浪费掉的时间,加一分,不对,这个必须加两分……好吧,我接受,做小孩!

尼小巴OS:那么,既然我真成了小屁孩,再用这种简单粗暴的方式抢宣传单,岂不是侮辱了我的智商?

【抢宣传单的动画画面被撕碎。

尼小巴OS:最为科学严谨的方式,那就是——打入戏剧社内部,从内部瓦解戏剧社,拯救我的宝贝女儿!

【尼小巴举着宣传单加入琪琪和苹果梨,然后一转脸邪恶地笑着,给两个人的脑门贴上"拯救"两字。

22.学校教室　日　内

【尼小巴充满父爱地看了一眼琪琪。

尼小巴:(点头)嗯!

【金老师念课文。

【琪琪一手托着腮,驼着背听课。

尼小巴:(忍不住)别托腮,坐笔直!

琪琪:(有点莫名其妙)你怎么跟个家长一样?

【尼小巴高冷地坐得特别笔直。

【班主任古老师在门口敲敲门。

古老师:金老师,转学的学生家长打电话说不来了,你可以把他的课本收回来了。

　　金老师:(摸不着头脑)他不是已经来了?

　　古老师:来了?

　　【尼小巴忽然站起来。

　　尼小巴:老师好!

　　古老师:(尴尬)难道是我……幻听了?

　　【同学们窃笑。

　　古老师:(清嗓子)这位同学,你叫什么名字?

　　尼小巴:我? (得意地看着琪琪)我是你……(意识到)尼小巴!

　　古老师:(挠头)哦……(严肃地对所有人,比画"我在盯着你"的动作)好好上课!

　　【苹果梨在一旁揉了琪琪几下,琪琪左右为难,终于鼓起勇气举手站起来。

　　琪琪:金老师,我老爸摔断腿了,我得送他去医院!

　　尼小巴:(腾地站起来)你说什么?!

　　金老师:那就赶紧去吧,(冲着尼小巴)你坐下! (转向琪琪)需要找人帮忙吗?

　　【苹果梨一下子举手站起来。

　　苹果梨:我!

　　金老师:嗯,也好。

　　【俩人得意地对了一个眼神,收拾书包就要走。

　　尼小巴:金老师!

【琪琪和苹果梨愣愣地看尼小巴。

金老师：你也要去？

尼小巴：……她们在说谎！

苹果梨：你胡说！

金老师：(对尼小巴)你为什么这么说？

尼小巴：我……我……(挣扎)因为、因为……

【猫儿站起来，面无表情的。

猫儿：我刚才在学校遇见了琪琪爸爸，他好好的。

【尼小巴向猫儿投去了感激的目光。

琪琪：(急忙)我老爸就是刚才来学校找我，回去的路上摔断腿的！

【猫儿和所有同学、金老师恍然大悟地"哦"了一声。

猫儿：原来是这个样子，对不起琪琪。

琪琪：(收拾好书包)没关系，老师我走了。

尼小巴：不是……唉，你们怎么都……

金老师：路上当心！好，现在，我们来有请一位同学……

【尼小巴看着俩人离开的背影气得咬牙切齿地把书拍在自己的脑门上。

23.系列蒙太奇

　　A.商场文具店　夜　内

【赵西北买文具盒、笔等物品。

B.赵西北发明工作室　夜　内
【赵西北专心制作一个包,大功告成展示,表面看是一个普通的书包,可是一对翻过来,书包的外表就到了里面,表面看就是一个公文包。
【赵西北露出得意的笑容。

C.医院骨科　日　内
【赵西北拿着两张片子(一张琪琪的,一张自己的)咨询医生。
医生:没什么大问题,还是老毛病,一个手托腮,(比画)脊椎旋转。注意坐姿就没问题。
【赵西北又递上另一张片子。
医生:这是谁的?
赵西北:我刚拍的,您看看,我最近……可能挤压了骨骼,没什么毛病吧?
医生:(仔细研究)没什么毛病啊,骨骼呈现非常好的状态,非常年轻!
【赵西北放心。

D.商场服装店　夜　内
【赵西北买小男孩的衣服裤子。

赵西北:对对,(比画)这么高。

E.赵西北家卧室　夜　内

【赵西北在网上查询"如何融入小孩的生活",查着查着忍不住走出卧室。

24.赵西北家琪琪卧室　夜　内

【琪琪正准备戏剧社的报名表,准备了高高的一叠。赵西北推门进。

琪琪:(回头)老爸?怎么了?

赵西北:呃……周一那天……

琪琪:我听同学说周一你来学校找我?什么事啊?

赵西北:(犹豫,还是没说)啊,没事。别托腮,坐笔直!

【赵西北关门。

25.学校戏剧社　日　内(剪辑加走廊众多学生拥挤下课的画面)

【在挂了各种彩带的戏剧社活动室,琪琪和苹果梨卖力地招呼着。

苹果梨:来来来,都排好队排好队,不要挤。

琪琪:(热情地)我们按号数来。

【镜头拉开,整个活动室空空荡荡,就两个同学来面试。一个是猫儿,一个是踏踏刘,俩人在互相推号码牌。

猫儿:你1号,你先来吧。

踏踏刘:你先来你先来。

琪琪:(依然很热情)好,现在有请我们的1号,1号是……嗯,1号是猫儿吧!

【踏踏刘做了一个"耶"的动作,猫儿交上报名表,面无表情地站到了中间。

琪琪:猫儿同学,作为每次考试的年级第一名,你能加入我们的戏剧社,我们真是太荣幸了!你就不用试镜了,直接说说为什么想要参加戏剧社吧?

猫儿:(推一推厚镜片的眼镜)我爸说,我应该多多参与课外活动。

苹果梨:你的意思是说,你不是自己愿意来的?

猫儿:不知道。

琪琪:(阻止苹果梨,小声地)就两个人,不要太挑剔。(转头微笑着对猫儿)好的,你的面试通过了!

苹果梨:什么?

【猫儿离开。

琪琪:2号踏踏刘,你想要给我们表演哪个片段呢?

踏踏刘:我想演一个英雄。

【苹果梨正在吃东西,喷了出来。

苹果梨:哪个英雄长你这样?

踏踏刘:(不服地挽起袖子挤出肌肉)怎么了!

琪琪:苹果梨,你要尊重同学!

苹果梨:我说的是实话,那好吧,你演一个英雄我看看。

踏踏刘:(对苹果梨)那你要给我搭一下戏。

琪琪:专业!

苹果梨:多事!

【苹果梨不情愿地过来,还拿着蛋糕吃着。

踏踏刘:这个情境是这样的,你的蛋糕被坏人抢跑了,你坐在地上哭,这时候我过来了。

苹果梨:我哭不出来。

踏踏刘:你想象一下考试考砸了……

苹果梨:(想)不对,是你面试还是我面试啊!

踏踏刘:那这样吧。

【踏踏刘忽然把苹果梨手里的蛋糕打翻,苹果梨愣住。

踏踏刘:怎么样,是不是有感觉多了?

苹果梨:你居然敢打翻我的蛋糕!

【苹果梨暴力地手脚并用,对踏踏刘来了一个空翻,踏踏刘被摔在地上耍赖。

踏踏刘:啊,女孩欺负男孩啦!

苹果梨：你是个英雄吗？

琪琪：好了好了，这样吧，踏踏刘，你的面试通过了！

踏踏刘：（立刻转笑脸）太好了，英雄梦，我来啦！

【琪琪和苹果梨不可思议地看着踏踏刘。

【踏踏刘站起来高兴地离开。

苹果梨：还会有人来吗？

【琪琪看着空空的戏剧社，无奈地坐下。

【原地转场。

【时钟滴答声。

【空落落的活动室，琪琪和苹果梨托着腮坐着，桌上一边堆着高高的空白表格，一边是两张填好的报名表，形成明显对比。

【原地转场。

【时钟滴答声。

【琪琪和苹果梨已经趴在桌上了。

【原地转场。

【琪琪和苹果梨在收拾活动室。

苹果梨:没关系的琪琪,四个人就四个人呗,咱们数量少,但是质量……好像也不高哦……

琪琪:要说质量,如果有隔壁班的夏天,那人少点我也不发愁。

苹果梨:夏天?夏天才不会来我们戏剧社呢,谁愿意加入一个不受欢迎的试用社团,本来篮球社那么忙了,再多一个……要不,我去把他绑架来吧!

琪琪:你有没有不用暴力的办法!

苹果梨:(嘟囔)不是要发挥所长嘛。(对琪琪)哎,别想了,他是不会来的,篮球社那么受欢迎……

琪琪:哎,他也那么受欢迎。

【俩人陷入回忆和憧憬。

26.学校篮球场　日　外

【阳光洒在夏天身上,夏天挥汗如雨,绕过众人的夹击,轻松带球进篮。

【围观的人群发出一阵欢呼,尤其是夏天的粉丝团。

【夏天一甩头发,冲人群做一个手势,粉丝团又爆发出欢呼声。

【夏天又一个三分球,球以一个优雅的弧度进篮。

27.学校戏剧社　日　内

【琪琪、苹果梨还在回忆中。

琪琪、苹果梨:太帅了!

尼小巴 OS:你俩干吗呢?

【琪琪和苹果梨急忙回到现实,一看,是尼小巴。

琪琪、苹果梨:尼小巴?!

琪琪:你要参加我们的戏剧社?

尼小巴:可以吗?

苹果梨:(激动)当然可以!

琪琪:欢迎欢迎!

尼小巴:我可以先问一个问题吗?

琪琪:你说。

尼小巴:(摆出爸爸的架势质问)你周一不上课,就是来布置这个活动室吗?

琪琪:(莫名其妙)对啊,怎么了?

尼小巴:(更加生气)你爸爸花钱送你来学习,你却在这里浪费时光!

【琪琪和苹果梨发愣,不知道尼小巴生的哪门子气。

【尼小巴从书包里掏出一个本子拍给琪琪。

尼小巴:这是那节课的知识点,我都给你记下了,快好好补上!

【琪琪和苹果梨你看看我,我看看你。

琪琪:(弱弱地)这节课我们通过网络教程上完

了才请假的……

尼小巴:网络?

琪琪:是啊,时间那么紧,又要做这么多东西布置,只能出此下策。

苹果梨:诶,我说你,你到底面不面试啊?

【尼小巴一下子反应过来,递过填好的报名表。

尼小巴:啊啊,对,我是来面试的,啊,我要先表演吗?

苹果梨:不用了,你直接通过了。

【琪琪用眼神阻止。

苹果梨:(小声)面试什么啊,好歹多一个!

琪琪:(小声)我们要尊重同学,你没看他很有表演欲望吗?(学尼小巴刚才严肃的样子)

苹果梨:好吧。

琪琪:(对尼小巴)开始吧。

尼小巴:稍等,我拿下我的服装道具。

【原地转场。

【尼小巴穿着小白兔的衣服举着个大胡萝卜夸张矫情又幼稚地表演着。

尼小巴:哦,大灰狼,我把我的胡萝卜给你,求求你不要吃了我,我多么可爱,我有两只红红的眼睛,我有两只长长的耳朵,我还会蹦蹦跳跳,你、你、你怎么忍心……

【琪琪和苹果梨看得目瞪口呆。

苹果梨:(忍不了了)停!

尼小巴:等等,等等,还有最后一段。

苹果梨:你这是幼儿园汇报演出吗?

尼小巴:这就是你们……不对,我们小孩儿该演的戏剧!

琪琪:(努力客气)尼小巴同学,这个,你的演技很好,但是好像,不是我们需要的……

尼小巴:你是说我的演技不够好?

琪琪:不是。

苹果梨:(同时)是。

【琪琪瞪苹果梨。

苹果梨:(对琪琪)你别拦我,(对尼小巴)虽然参加我们戏剧社的人寥寥无几,但是,很遗憾地通知你,你没有被录取。

尼小巴:你们……这是你们的损失好吗?你们巨大的损失!

苹果梨:不好意思,我们要去上课了,再见,谢谢你的参与。

琪琪:对不起哦,尼小巴……

尼小巴:我不走,你们不招收我,我就不走!

【苹果梨扛起尼小巴就往外走。

尼小巴:(挣扎)你们居然觉得我演技不好!我是影帝啊!我、我现在就在表演,我无时不刻不在表演,就是你们不知道。你们要知道,肯定要求着让我进戏剧社……

【苹果梨要扛尼小巴出门,尼小巴双手扒着门框不出去,俩人僵持。

琪琪:(着急)苹果梨,你快放下他!

苹果梨:这样吧,你要是能让夏天加入戏剧社,我们就打包买一送一,把你也收了!

琪琪:(赞许地对苹果梨,指指脑袋)这回可以啊!

尼小巴:(在苹果梨肩上挣扎)只有这个办法吗?

苹果梨:当然,不过你是不可能完成的!

【苹果梨放下尼小巴,尼小巴站稳整理衣服。

尼小巴:我偏不信!你们说到做到?

苹果梨:那是必须的!

尼小巴:成交!

【音乐起。

28.学校操场　日　外

【尼小巴拖着夏天的腿。

尼小巴:求求你参加戏剧社吧。

【夏天挣扎。

【琪琪和苹果梨在一旁看着。

苹果梨:哎,我就说吧,没戏。

29.学校大门口　日　外

【尼小巴忽然从角落跳出,拦住骑车的夏天。

尼小巴:(摆出一个很凶的造型)必须参加戏剧社!

【夏天瞥了一眼,骑车离开,留尼小巴摆着造型凌乱。

【琪琪和苹果梨骑车出来。

苹果梨:放弃吧!

30.学校男厕所　日　内

【尼小巴站在厕所马桶上,趴着墙偷看正在镜子前整理头发的夏天。

【夏天离开。

尼小巴:哎,看来,只能违背我一个发明家的正义了。

31.理发店外　日　外

【夏天走进理发店,跟踪在后面的赵西北拎着一个袋子也溜了进去。

【赵西北空着手得意地走出理发店。

【一会,理发店里传来夏天愤怒的尖叫。

32.理发店　日　内

【光着头的夏天对着镜子不可思议地看理发师。

夏天:谁叫你给我剃光头的!

理发师:(委屈)你爸啊……

夏天:(愤怒又莫名其妙)我爸?

理发师:你爸还给你留了一个袋子。

夏天:袋子?

【理发师递过袋子,夏天打开,是一顶假发。夏天又愤怒地尖叫。

33.学校走廊储物柜　日　内

【储物柜旁只有戴着假发的夏天一个人,他正蹲着整理东西。尼小巴路过旁边,故意揪住假发一走。

夏天、尼小巴:(同时)啊!

【夏天急忙捂住尼小巴的嘴,急忙把假发戴回头上。

夏天:这件事,谁都不许说!

尼小巴:(伸出小拇指)我们的小秘密。

【夏天跟尼小巴拉钩。

尼小巴:那你……

夏天:好,我参加戏剧社!

34.学校戏剧社　日　内

【琪琪和苹果梨激动地尖叫。

苹果梨:你真的是夏天吗?!

【夏天被俩人激动的样子弄得不好意思,尼小巴一脸得意。

琪琪:(握着尼小巴的手)谢谢你小巴同学,你为戏剧社立下了头功!

【尼小巴渐渐收起了笑容。

尼小巴:头功?

琪琪:(高兴地点头)没错!

【琪琪和苹果梨抱在一起跳。

琪琪:我们一定能办好戏剧社啦!

尼小巴 OS:不对啊,我是来搞破坏的啊!

【尼小巴抓起旁边的书,拍在自己的脑门。

【音乐停。

35.学校戏剧社　日　内

【戏剧社六人:琪琪、苹果梨、尼小巴、猫儿、踏踏刘、夏天在练绕口令。

琪琪:八百标兵奔北坡, 炮兵并排北边跑, 炮兵怕把标兵碰，标兵怕碰炮兵炮。

　　踏踏刘：天天绕口令，天天绕口令，都两个星期了！

　　苹果梨：(一撸袖子)怎么了？

　　踏踏刘：我什么时候才能演上英雄啊？

　　尼小巴：(急忙抓住机会)就是就是，真没劲，不如我们解散吧！

　　【众人不可思议地看尼小巴。

　　猫儿：(面无表情)我爸说，台上一分钟，台下十年功，不练好绕口令，怎么能说好台词？说不好台词，怎么能演好英雄？

　　苹果梨：猫儿，你爸爸的耳朵是不是经常会痒？

　　猫儿、尼小巴：(不明白)为什么？

　　【所有人都哈哈大笑。

　　夏天：说谁谁的耳朵就会痒啊！

　　尼小巴：一点都不严谨，你现在说我，我耳朵会痒吗？

　　踏踏刘：我试试，我试试。(叫)尼小巴、尼小巴。

　　尼小巴：你看，我的耳朵一点都不痒，所以说，这一点都不科学！

　　琪琪：这只是一个玩笑，小巴同学，你怎么和我爸一样？

　　【尼小巴忍不住挠耳朵。

　　琪琪：我老爸就不会开玩笑。

【尼小巴挠耳朵。

琪琪:我老爸经常把我说的玩笑当真。

【尼小巴挠耳朵。

苹果梨:尼小巴,你挠什么耳朵啊,又没说你!哈哈!

尼小巴:(故作正经)你们这些小破孩,怎么可以在背后说爸爸的坏话!

琪琪:我这可不是说坏话,我这是客观评价。

尼小巴:你们应该向猫儿学习,要牢记爸爸的教诲!

琪琪:那你呢? 爸爸说的话都会全听吗?

尼小巴:当然!

琪琪:你爸爸有教你做坏事吗?

尼小巴:当然没有! 你什么意思?

【琪琪狡黠地笑。

36.学校走廊　日　内

【琪琪在前面走,尼小巴在后面追过来。

尼小巴:嘿,你刚才说这话什么意思啊?

琪琪:那天你故意扯掉夏天的假发……

尼小巴:你都看见了?

琪琪:所以,肯定是你搞的鬼!

尼小巴:你!

琪琪:放心吧,我不会告诉夏天的。

尼小巴:真的?

琪琪:那欠我一个大人情喽!

【琪琪走开。

尼小巴:(拍自己的脑门)哎,螳螂捕蝉,黄雀在后。我太不严谨了!

【苹果梨从后面经过。

苹果梨:不严谨什么啊? 昨天的考试没考好?

尼小巴:不关你的事。

苹果梨:周日家长会哦,关不关你的事?

尼小巴:(嘲笑)家长会? 我会怕家长吗? 哈哈哈……

苹果梨:那祝你好运喽!

【苹果梨走开。

尼小巴:哈哈哈……(忽然意识到)家长会!

37.赵西北家客厅　夜　内

【赵西北坐在沙发上看电视,卷着一本书敲自己的脑袋。

赵西北:(自语)家、长、会……

38.简笔动画或哑剧式的白背景处理

【跟打地鼠游戏一样,赵西北先出现在画面中。

赵西北 OS:我,一个。

【尼小巴出现在画面中。

赵西北 OS:尼小巴,两个。

【画面中又出现了一个人形。

赵西北 OS:尼小巴的家长,三个。

【画面中三个人汇合成一个人。

39.赵西北家客厅　夜　内

【赵西北一拍脑门。

赵西北:可我只有一个啊! 不不不,快继续开展严谨的思考! 快继续!

40.简笔动画或哑剧式的白背景处理

【画面中又出现三个人。

赵西北 OS:尼小巴的家长,这好办,谁都没见过可以随便找个人。搞定一个!

【画面中尼小巴的家长被锤子敲回去。

赵西北 OS:可是我和尼小巴……

【画面中的两个小人得意的样子。

41.赵西北家客厅　夜　内

赵西北:哎,这可怎么办……

42.学校走廊 日 内

【尼小巴背着书包,情绪低落地走着,还在琢磨事。

尼小巴:(自语)我又没法马上变大……

【窗外忽然闪过那个棒棒糖小孩的身影,又丢进来一瓶药丸。尼小巴急忙捡起来,只见上面写着"变大人药丸"。尼小巴顾不得细看,立刻追过去。

43.学校走廊外空地 日 外

【尼小巴跑到空地,踏踏刘和几个同学在踢毽子,根本没有棒棒糖小孩的身影。

尼小巴:你们刚才有没有看到一个小孩,手里拿着个棒棒糖?

踏踏刘:棒棒糖?这又不是幼儿园!

【大家哄笑。

【尼小巴看向空地和走廊隔着的窗口,也根本没有人。

尼小巴:两次了,不可能是凑巧啊!(看了看手里的药瓶)

44.学校厕所 日 内

【尼小巴蹲在厕所隔间,把书包挂在挂钩上,看药丸上的说明书,也是简单的一行字"服用一颗,做10小时大人"。

尼小巴:试试就试试!

【尼小巴服下药丸,一会,胳膊的袖子开始出现裂痕,尼小巴急忙脱掉身上的衣服裤子。

【尼小巴脱完一抬头,发现自己已经变回了赵西北,因为学校厕所隔间太矮,半个身子都暴露在了外面。

【赵西北急忙蹲下,掏出变小药丸。

赵西北:10个小时,如果我直接吃变小药丸呢?

【赵西北吃下。

【一会,厕所隔间的门被打开,穿戴整齐,背着书包的尼小巴得意地走出来。

45.学校走廊　日　内

【尼小巴对着镜头。

尼小巴:计划开始!

【尼小巴在厕所和教室门口跑来跑去,拿着秒表计时。

尼小巴:最慢速度58秒!

【尼小巴在纸上记录。

46.赵西北工作室　夜　内

【赵西北的身后摆着一个半成品筒状东西。他在自己的工作台上埋头做表格,李沫研究了一下那个半成品。

李沫:这是什么啊?

赵西北:太复杂,回头说。

【李沫站到赵西北身后看。

李沫:(念)4点钟,大人到达现场,坐5分钟,上厕所,往返路程58秒……你这又是什么啊?

赵西北:太复杂,回头说。

李沫:哟,这架势,(欣喜)看来咱们工作室有救了!

47.大街　日　外

【尼小巴举着一个"招募家长会妈妈"的广告牌。

【好多人围观,嬉笑,不过没人真的来应聘。

【一个打扮时尚的中年女人(秦阿姨)看了好一会儿。

秦阿姨:没考好吧?

尼小巴:(假装可怜)嗯。

秦阿姨:正常,谁还没个考砸的时候?

尼小巴:阿姨您也经历过?

秦阿姨:我是我爸揍大的。

尼小巴:你爸爸这教育方式可不对。

秦阿姨:哟,小孩还管大人的教育方式。

尼小巴:"教育对象"还不能对"教育方式"发表

几句评价啊。

秦阿姨:有道理,成吧,我就帮你这忙吧。

尼小巴:(欣喜)这就成了?

秦阿姨:还要签合同吗?

尼小巴:(笑)不用不用,(递过一张纸)这是您要准备的内容。

秦阿姨:小孩儿够专业!

尼小巴:您一定记好了,可别露馅了阿姨。

秦阿姨:(纠正)是妈妈。

【俩人相视一笑,击掌。

48.赵西北家卧室　日　内

【赵西北特工一般将药丸、尼小巴的衣服装进包里,书包一折叠,变成了公文包。

【赵西北拎起公文包,带风地走出卧室,关上门。

赵西北:琪琪,好了吗?

【琪琪背着书包跑出卧室。

琪琪:来啦!哇,老爸,你今天好精神!

赵西北:那是,我为我严谨的计划,感到非常骄傲!出发!

49.学校教室　学校走廊　学校男厕所门外　日　内
　A.学校教室

【拉着家长会横幅的教室,众人鼓掌。

【金老师、古老师和几个老师站在讲台上,学生们坐在自己的座位上,每个家长坐在自己孩子的旁边,尼小巴的座位是空的。

古老师:(严肃地)安静!

【所有人安静。

古老师:好,欢迎各位家长来到我们初二2班期中家长交流会,我是班主任古老师,这半学期以来,大家的表现都非常好,但是,有个别同学,把自己的精力花费到了无用的地方。

【赵西北看了一眼琪琪,琪琪假装没看见。

古老师:所有同学表现怎么样,我都看(比画"我在盯着你")在了眼里!今天,就是跟家长们汇报的时候了!

【孩子们都紧张。

古老师:首先,让我们有请语文老师金老师进行汇报,大家欢迎!

【众人鼓掌。

琪琪:(小声地对苹果梨)尼小巴怎么还没来啊?

【金老师上讲台,大家都很安静地准备听,金老师正要说话。

赵西北:(一看手表,起身拎起公文包)对不起,我,去个卫生间。

秦阿姨：你把包放这呗。

【众目睽睽下，赵西北拎着包错身穿过拥挤的教室，不断说着"不好意思"。

B.学校走廊

【赵西北绅士地走出教室门的一瞬间，边脱衣服边不顾形象地奔跑。

C.学校男厕所门外

【赵西北脱完西装外套解开衬衫扣子正在解腰带，麻老师在厕所门口给一个垃圾桶画装饰。

麻老师：琪琪爸爸……

赵西北：现在别跟我说话！

【赵西北急忙跑进厕所。

【厕所里响起一声喷嚏，然后一阵"乓乓"作响，麻老师正要好奇地往里探望。

【尼小巴边背书包边往外冲，和麻老师撞了个正脸。

麻老师：尼小巴，你什么时候进的厕所啊！

尼小巴：我我我，我拉肚子了！

麻老师：哦哦。

【麻老师蹲下继续给垃圾桶画装饰画，尼小巴火速往回跑。

B.学校走廊

【尼小巴一阵风跑过走廊。

A.学校教室

【金老师正在发试卷。

金老师:考试只是检验这段时间的学习成果,家长们不用太放在心上。

【尼小巴气喘吁吁地出现在门口。

尼小巴:报告老师,我迟到了!

古老师:(生气地)尼小巴,家长会都迟到! 快去你妈妈那儿!

秦阿姨:(夸张地站起来强调)没错,是我,就是我,我是尼小巴的妈妈!

【众人看向秦阿姨,尼小巴急忙钻到秦阿姨身旁。

尼小巴:(小声)你快坐下!

秦阿姨:呵呵,(对大家招手)初次见面,请多关照。

【秦阿姨讪笑着坐下,忽然发现尼小巴的扣子扣错了。

秦阿姨:哎呀!

【众人又看秦阿姨。

秦阿姨:(忙捂住嘴)没事,没事,我儿子扣子扣错了。

【秦阿姨要帮尼小巴扣扣子,尼小巴拒绝秦阿姨热情的帮助。

尼小巴:别动,现在流行这么扣!

金老师:对了,这半个学期,我要重点表扬一下赵琪琪同学。(四处打量)赵琪琪爸爸还没回来吗?

尼小巴:(一下子站起来)报告老师,我拉肚子了!

秦阿姨:(热情地表演)啊,儿子,你这是怎么了?

【尼小巴赶紧拎起包往外走。

秦阿姨:哎,你拎个包干什么!

古老师:(生气地)什么情况!

【尼小巴往外冲。

B.学校走廊

【尼小巴一阵风跑过走廊。

C.学校男厕所门外

【尼小巴边脱衣服边往里跑,麻老师还在画装饰。

麻老师:尼小巴,你怎么又回来了?

尼小巴:现在别跟我说话!

【尼小巴冲进厕所。

【厕所里响起一声喷嚏,然后一阵"乒乓"作响,一会,赵西北歪戴着领带出来。

【麻老师正要站起来打招呼。

赵西北:我也拉肚子了。

【赵西北赶紧跑。

麻老师:也?(偷笑)一定是听到了彼此巨大的动静。

【麻老师笑着蹲回去画画。

B.学校走廊

【赵西北一阵风跑过走廊,到教室门口,停下脚步。

A.学校教室

【赵西北故作风度地从门口溜达进来。

赵西北:(对金老师)抱歉、抱歉。

【赵西北回到座位。古老师不断摇头。

琪琪:(小声地)老爸你干吗去了啊,这么久!

赵西北:(假装糊涂)久吗? 没有吧……

金老师:琪琪爸爸回来了? 那我可要接着表扬琪琪同学了,她带头创办了我们学校的戏剧社……

【古老师没料到金老师会说这个,急忙咳嗽。

金老师:(不管古老师,背书状)创办戏剧社是一件好事,戏剧是一门伟大的艺术,它不光是演戏,还是一种……(想不起词)啊,对,"全人教育"!

【赵西北和古老师听得脸上各种尴尬,琪琪得意。秦阿姨根本没有听金老师讲话,一直在看赵西北。

秦阿姨:(对赵西北小声地)你好!

【赵西北不搭理。

金老师:它不仅能够提高大家的语言能力,还能够培养自我认知的能力、换位思考能力、想象力、创造力、领导力,还有……对,自信心!

秦阿姨:你的领带歪了。

赵西北:现在流行这么戴!

秦阿姨:(讪笑)你是赵琪琪的爸爸啊? 我是尼小巴的妈妈。

赵西北:(不耐烦)我知道。

秦阿姨:不过,我目前单身哦!

赵西北:(吃惊)什么?

【古老师听不下去金老师的讲话了。

古老师:好,金老师的讲话到此结束,下面……

秦阿姨:(寻找)我儿子呢……

【赵西北一拍脑门,拎包起身。

赵西北:(对古老师)不好意思,我接个电话。

秦阿姨:你把包放这呗。

【古老师瞪着眼看赵西北离开,又不好说什么。

C.学校男厕所门外
【赵西北冲进男厕所。
麻老师:(喊)琪琪爸爸,你没事吧?
赵西北OS:没问题!
【一声喷嚏,一阵"乒乓"声。
【尼小巴跑出来。
麻老师:尼小巴,你……
尼小巴:(边跑)我没问题!

A.学校教室
【尼小巴站起来。
尼小巴:老师我要上厕所!
【古老师强压着三丈怒火。

C.学校男厕所门外
【赵西北冲出厕所,麻老师脸上涂着颜料,一脸真诚地递上一盒止泻药和一盒感冒药。

A.学校教室
【赵西北站起来。
赵西北:不好意思又有个电话!
【古老师吹胡子瞪眼。

C.学校男厕所门外

【尼小巴冲出厕所,麻老师递上一盒止泻药和一盒感冒药。

B.学校走廊

【快进,一会儿是赵西北背着书包跑过,发现提的不是公文包,他急忙跑回去;一会是尼小巴戴着领带跑过,发现不对劲,他又跑回去。

【尼小巴和赵西北不断在走廊跑过来跑过去。

A.学校教室

古老师:今天的家长会,到此结束!

【赵西北正要进门,听到"结束",松了一口大气,扒在门框上大喘气。

赵西北:终于结束了!

古老师:(生气)琪琪爸爸,你什么意思!

赵西北:没有,我不是这个意思……

【众人离开教室,赵西北站到一边让大家出门口。家长、同学陆续离开,赵西北正要往外走,秦阿姨走过来拉住赵西北的包。

赵西北:你要干什么?

秦阿姨:听说琪琪妈妈早就没有了,你不想给我留个联系方式吗?

赵西北:你,你放手。

古老师:琪琪爸爸!琪琪!你们留一下!

赵西北:(挣脱不开秦阿姨)古老师叫我!

秦阿姨:你先给我联系方式!

【赵西北松开了公文包,秦阿姨一个趔趄。

【原地转场。

【琪琪和赵西北接受古老师训斥。

古老师:琪琪爸爸,不是说摔断腿了吗?跑得挺快啊!

【赵西北尴尬,看琪琪,琪琪尴尬。

古老师:本来,我不应该批评家长,可是,你这样的态度,是对女儿的不负责任!我从事教育事业三十年,从来没有见过像你这样的家长,我都看——(比画看的动作)不下去了!

赵西北:(低头道歉,眼睛却看着公文包)对对,是我不对……

【秦阿姨拿着公文包坐在位置上等俩人,等着无聊了,手伸向公文包的开启扣。

赵西北:(就要冲过去)不——

【古老师一把抓住赵西北的手。

古老师:你又要去干吗?

赵西北：不是……古老师，我有很重要、很重要……

古老师：天塌下来，你现在也不许走！

琪琪：(小声，责怪)老爸！

【秦阿姨的手碰上开启扣。

赵西北：(抓过粉笔擦拍脑门，闭上眼睛)哦！

【秦阿姨的手打开开启扣，"啪嗒"一声。

【一双手按住了秦阿姨的手，一头粉的赵西北一看，是金老师不知道什么时候回来了。

金老师：小巴妈妈，我怎么哪都没找见小巴，你快跟我去找找！

秦阿姨：啊……对哦，小巴……

【金老师不由分说拉着秦阿姨离开教室。

【赵西北看着打开了扣，但里面微微露着一点书包外表的公文包，松了一口气。

50.一条笔直的街道　黄昏　外

【赵西北的头上还隐约有粉，拎着公文包和琪琪垂头丧气地走在路上，夕阳将俩人的背影拉得很长。

琪琪：老爸，你今天让我在同学面前很尴尬。

赵西北：我知道。

琪琪：你今天是怎么了啊？

赵西北：其实，老爸真的不希望你办戏剧社。

琪琪:可是金老师的话你没听到吗？

赵西北:我知道。戏剧培养语言能力、想象力、创造力、领导力、自信心……

琪琪:你都知道,为什么不支持我呢？

赵西北:因为你是我女儿。

【赵西北停住脚步。

赵西北:你已经具备了这些能力,你可以允许爸爸自私一次吗？

琪琪:(低头)可是做这件事情我真的很快乐……

赵西北:明年你就初三了,我希望你能考上一个好的高中。如果做这件事情根本不会花费学习的时间,老爸也希望你快乐。

琪琪:可是这是我从小到大最想要做好的一件事,这是我的梦想,我可不可以保证,一定不会占用学习的时间！

赵西北:可是你有一堂语文课还是请假了。

琪琪:不是……老爸……(嘟囔)金老师也没说啊！

赵西北:你就说有没有吧。

琪琪:(低头默认)嗯,老爸,你知道的,语文是我的强项……老爸,你不会怪我吧……

【赵西北揽过琪琪。

赵西北:回家吧。

51.学校戏剧社　日　内

【琪琪和苹果梨在墙上贴上一个"戏剧大赛倒计时"的挂历。

琪琪、苹果梨:戏剧大赛倒计时,60天!

琪琪:如果获奖,我们的戏剧社将从试用社团升级成为学校的正式社团!也就是说,我们再也不用担心明年会被取消了!

【戏剧社六人组除了尼小巴,大家都热烈鼓掌。

苹果梨:成败,在此一举!

【众人欢呼击掌。尼小巴假装击掌,但在琢磨自己的事。

尼小巴 OS:破坏戏剧社倒计时,60天,成败,在此一举!

52.系列蒙太奇(穿插倒计时翻页)

A.学校教室　日　内

【琪琪和苹果梨课间商量。

苹果梨:《哈姆雷特》,必须要演《哈姆雷特》!

琪琪:我推荐《三姐妹》,我们正好有三个女孩!

尼小巴:(故意凑过去)琪琪,这道题你再给我讲一遍吧!

B.学校走廊　日　内

【尼小巴跟夏天对面遇见。
尼小巴:嘿,帅哥,琪琪说,今天戏剧社休息。
夏天:哦,好。

C.学校戏剧社　黄昏　内
【戏剧社六人组除夏天以外都到齐,每人手里拿着剧本。
苹果梨:(撸袖子)这个夏天,耍大牌啊!

D.学校教室　日　内
【尼小巴趁大家都不在,把戏剧社几个人座位抽屉里的剧本都拿走,得意地离开。

【原地转场。

【大家纷纷发现剧本不见了,找剧本。
猫儿:我的剧本呢。

E.学校操场　日　外
【猫儿和踏踏刘吵架。猫儿还是面无表情。
猫儿:你明明说我除了学习什么都不会。
踏踏刘:你还说我想演英雄简直是做梦!
猫儿:我告诉你,我绝对不会和你在同一个舞台。

踏踏刘:你以为我愿意啊!

【尼小巴在一旁偷乐。

53.学校走廊　日　内

【尼小巴得意地走在走廊,忽然听到叮咚和一个同学在聊到"琪琪"。尼小巴立刻凑过去,叮咚的声音一会儿很大声一会儿很小声,尼小巴只听得到部分。

叮咚:你知道吗? 琪琪……没错,是琪琪……对啊,琪琪……

【尼小巴崩溃。

尼小巴:叮咚你说话的音调可以统一一点吗?

【叮咚吓了一跳。

叮咚:尼小巴,你居然偷听我讲话!

尼小巴:你刚才说,琪琪怎么了?

叮咚:(惊喜)尼小巴,原来你也喜欢听八卦!

尼小巴:(不耐烦)是的是的,你可以快点告诉我,琪琪怎么了吗?

叮咚:(神秘地)琪琪……早恋了!

尼小巴:(声音提高了一个八度)什么?!

54.赵西北家客厅　夜　内

【赵西北从厨房出来,拿着大勺子生气地挥舞,然后放到桌上。

赵西北:(很凶的样子)你就等着暴风雨的袭击吧!

【赵西北冲进厨房挥舞着筷子出来。

赵西北:我要审讯、审讯!令人发指的审讯!

【原地转场。

【一桌子好吃的菜,琪琪大口吃着,赵西北戴着围裙在一旁赔着笑脸看。

赵西北:吃这个,多吃点……

琪琪:嗯,老爸,今天什么好日子啊?做这么一桌子好吃的。

赵西北:这个……琪琪啊,老爸有一个问题,想问问你哦。

琪琪:嗯老爸你说。

赵西北:这个……(鼓足勇气)你在学校有没有什么好朋友?!

琪琪:苹果梨啊!

赵西北:不是……

【琪琪满足地擦了擦嘴巴。

琪琪:哇塞,老爸,你的手艺越来越好,我吃饱啦!

【琪琪高兴地回屋。

赵西北：不是……

【赵西北举起大勺子拍一下自己的脑门。

55.赵西北家卧室　夜　内

　　【赵西北在纸上写下了"嫌疑人名单"，开始思考。

56.简笔动画或哑剧式的白背景处理

　　【画面中三个框，老虎机式地"唰唰唰"闪过各种人影，赵西北不断按动按钮，都出现三个不一样的身形。

　　【终于，赵西北按下按钮，三个框里的人影统一了，又一阵闪光。

57.赵西北家卧室　夜　内

　　赵西北：（恍然大悟）除了他，还能有谁！

58.学校篮球场　日　外

　　【夏天打篮球，尼小巴与他对峙。篮球"啪啪"地撞击地面，尼小巴杀气十足。

　　【俩人几个回合，尼小巴总是针对性阻拦夏天。俩人一边打球一边对话。

　　夏天：小巴，今天怎么了？

尼小巴：你是不是有什么事瞒着我？

夏天：（不理解）什么事？

尼小巴：我们可是有秘密约定的，你要是有什么事不告诉我……

夏天：（急忙一手护住自己的头发）我还能有什么事？

尼小巴：你真不说？

夏天：我真不知道！

尼小巴：好，你嘴硬！

【尼小巴一个投篮，潇洒离开。球没进，砸到尼小巴自己的屁股。

【尼小巴捂着屁股一瘸一拐却故作镇定地离开。

59.学校戏剧社　日　内

【墙上的倒计时挂历显示为"45天"，戏剧社6人围坐开会，尼小巴眼睛随时关注夏天和琪琪。

苹果梨：（生气地）半个月了，一点推进都没有！

琪琪：（郁闷）究竟是谁对我们的剧本这么感兴趣，印几本丢几本，图书馆都不给我们借了！

苹果梨：会不会有人故意捣乱？

踏踏刘：（紧张地）不会吧……

【大家互相看，尼小巴理直气壮地看着大家。

琪琪：唉，没有剧本，怎么定剧目啊！

夏天:琪琪你别担心,我有办法。

尼小巴:夏天你献什么殷勤!

夏天:我这儿还有最后一本没丢。

琪琪:(欣喜地握着夏天的手)真的?

【尼小巴立刻打开握着的手。

尼小巴:你俩干吗呢!

琪琪:尼小巴同学,你干吗呢!

尼小巴:你说呢?!

【琪琪不解地看尼小巴。

苹果梨:(激动地扯开尼小巴)夏天你那本是什么?

夏天:《罗密欧与朱丽叶》。

【夏天拿出剧本,递给琪琪和苹果梨。

琪琪:太好了,那戏剧大赛,我们就演《罗密欧与朱丽叶》!

【琪琪接过剧本。

【尼小巴主观视角,琪琪慢动作接过剧本,夏天的手也握在剧本上。

琪琪:(含情脉脉)哦,我的罗密欧!

夏天:(含情脉脉)哦,我的朱丽叶!

尼小巴:(大喊)停!

【所有人都看尼小巴。

【琪琪特正常地拿着剧本在翻看,抬头看尼小巴。

猫儿:(面无表情)小巴,你想说什么?

尼小巴：我认为我们应该换一个剧目，我来写。

所有人：什么剧目？

尼小巴：《小红帽与狼外婆》！

所有人：切——幼稚。

60.学校大门口　黄昏　外

【尼小巴扒着苹果梨的自行车不让她走。

尼小巴：(耍赖)你和琪琪那么好，你肯定知道！

苹果梨：我不知道！

尼小巴：你肯定知道！

【苹果梨大力地单手把尼小巴扒拉到地上，尼小巴一把抱住苹果梨的自行车后轮不松手。

苹果梨：(无奈)好吧，我知道！

尼小巴：你快说你快说！

苹果梨：那你得先帮我办一件事！

尼小巴：什么事我都答应！

苹果梨：帮我抢一只狗！

尼小巴：这种事我不能做！

苹果梨：好吧，再见！

尼小巴：我答应你！

苹果梨：上车！

【尼小巴上苹果梨的后座。

尼小巴：可是苹果梨，就你这力气，抢东西的事，还需要我帮忙?

苹果梨:别废话,走!

61.某小区公园　黄昏　外

【苹果梨和尼小巴趴在草丛里偷看。

【忽然大地开始一阵阵颤抖,一个非常胖的叔叔,遛着一只很瘦小的小狗,小跑着过来。

【尼小巴惊讶地要张开嘴巴。

苹果梨:(捂住尼小巴的嘴,小声)你知道为什么了吧……

尼小巴:那我也抢不过啊!

苹果梨:我抢多了他有防备,你们不认识啊,只要出其不意,绝对没问题的。那就这样,我去那边等你!加油!

【苹果梨一溜烟跑走。

尼小巴:你!(看着胖叔叔)为了琪琪!拼了!

【尼小巴喊着"啊"冲到胖叔叔的肚子上。

胖叔叔:(一脸生气)你要干什么?

尼小巴:(抬头,表情极尴尬)叔叔,您……好!

【尼小巴一把抢过胖叔叔手上的遛狗绳就跑。

胖叔叔:你——

【尼小巴抱起小狗在前面跑,胖叔叔在后面追。

【一番追逐后胖叔叔汗流浃背,渐渐喘不过气来了,放慢了脚步。

尼小巴:(得意地)再见!

【小狗忽然从尼小巴手里跳下。

尼小巴:唉!

【尼小巴手里还拽着遛狗绳,却被狗牵着一头撞向垃圾桶。

62.某小区角落　黄昏　外

【苹果梨喂小狗吃东西。旁边的尼小巴头上扣着个香蕉皮,身上各种垃圾,一副狼狈相。

尼小巴:这下你可以告诉我了吧?

苹果梨:琪琪跟夏天真没事!

尼小巴:什么?你让我折腾这么一大圈,就告诉我这个答案!

苹果梨:那怎么着,你是想听我说"他俩好了"?

尼小巴:不是……(不知所措)你!(转移话题)你怎么可以这样,你、你居然抢小狗!

苹果梨:怎么着了?这本来就是我的小狗,我妈不让养,就送邻居胖叔叔那儿了,他自己减肥,还不让小狗吃饭!

【苹果梨心疼地给小狗喂吃的。

尼小巴:不是……不是……你怎么不早说啊……

63.赵西北工作室　夜　内

【赵西北在调整"完美桌椅"的胳膊肘的舒适度,做着做着还是忍不住停下了。

赵西北:不是夏天,那到底是谁啊? 不行,我得自己调查!

【赵西北起身在工作室找了望远镜、相机、迷彩服、假的草、强力粘贴手套,将它们装进书包。

64.学校林荫小路　日　外

【琪琪做值日,捡垃圾,尼小巴穿着迷彩服在各个树后面躲藏跟踪。

【琪琪跟路过的同学正常地打招呼。

男生甲:琪琪今天值日啊?

琪琪:嗯。

【尼小巴赶紧举起相机拍照。

65.学校篮球场　日　外

【没有人打篮球,琪琪经过篮球场,帮忙把散落的一个篮球装回框里。尼小巴头上顶着假草趴在球场旁边的草丛偷看。踏踏刘经过。

踏踏刘:琪琪,剧本都准备好了。

琪琪:太好了,我一会来找你。

【尼小巴举起相机拍照。

66.学校操场　日　外

【琪琪走到空旷的操场,尼小巴无处藏身,赶紧掏出强力粘贴手套,爬上一棵树,站在树上一手抓着树枝,一手举着望远镜看。

【远处,琪琪捡了一个操场中间的矿泉水瓶。

【尼小巴习惯性地用另一只手去拿相机。手套粘在树上,手刚从手套抽出,尼小巴马上就意识到了。

尼小巴:啊!

【尼小巴急忙闭上眼,"啪嗒"一声,尼小巴闭眼躺在树下的草丛里。

【尼小巴一睁眼,叮咚正在看着自己。

尼小巴:你、你干吗?

叮咚:你没事吧?古老师叫你去一趟办公室。

67.学校办公室　日　内

【尼小巴一身奇怪的造型进门,只见琪琪已经站在办公室里哭了。

【古老师转过转椅,十分生气。

古老师:初中生不可以早恋,知道吗?

尼小巴:(惊呆)我?怎么可能!

古老师:还需要我明说吗?

尼小巴:你的意思是,我和琪琪?哈哈哈哈……

古老师:还笑!你们给同学之间造成了多么恶劣

的影响,你们知道吗?

68.系列蒙太奇
【学校各个场景,各同学对着镜头说话。
踏踏刘:尼小巴看到琪琪就特别高兴。
同学乙:尼小巴总是偷看琪琪。
夏天:尼小巴很介意我和琪琪说话。
同学丙:尼小巴老监督琪琪坐直。
同学丁:尼小巴总跟我打听琪琪的消息。

69.学校办公室　日　内
尼小巴:(不可思议地)不会吧……
古老师:(比画看的动作)群众的眼睛是雪亮的!

70.赵西北工作室　夜　内
【赵西北调整"完美桌椅"的椅背的弧度。李沫过来。
李沫:现在有空跟我说说你这个发明了吗?
赵西北:(情绪有点低落)想给我女儿做一套"完美桌椅"。
李沫:(不可思议)桌椅?拿桌椅板凳参加发明大赛?
赵西北:我最近和女儿接触比较多,发现现在的小孩都喜欢驼着背坐在那,还喜欢一只手托腮一个手拿鼠标,身子这么侧着,时间长了,很多脊椎都旋转了,长大以后肯定很难去治疗。

李沫:(恍然大悟)我明白了,你是想发明一个能纠正孩子们坐姿的"完美桌椅"。

赵西北:可以这么说吧,但并不算纠正吧。

李沫:嗯,不错,至少比你的"西瓜隐形眼镜"靠谱!

赵西北:其实那个挺有意思的,看谁的脑袋都能变成西瓜。

李沫:但是一点用都没有啊。

赵西北:也是。

李沫:好了,我也要赶紧进行我的研究了。

【李沫正要离开。

赵西北:你等等。

李沫:怎么了?

赵西北:李沫,你说,我是不是有点太不够信任我的女儿了?

李沫:当然不会,你女儿初二对吧?这个时候的孩子,是最容易叛逆的时候,这是孩子成长的关键时期啊!

赵西北:今天我误会了女儿……

李沫:嗨,这有什么啊,宁愿多一分误会,也不能出一点点意外,这可关系到你女儿的一生!

赵西北:可是我好像伤害到了她……

李沫:现在的一点点伤害,都是为了她未来的美好人生啊,等她长大了,绝对会感激你这时候对她的严格!

赵西北:真的吗?

李沫:当然了,我是过来人,你看,我儿子现在多优秀。这个,你得相信我!(拍赵西北的肩)赶紧琢磨你的发明,别想这些有的没的。还有,你最近来得够晚的,晚上才过来,真是不想保住咱的地盘了啊!

赵西北:知道了,我抓紧。

【李沫离开。

【赵西北停下手里的工作,陷入沉思。

赵西北OS:如果现在心软支持你的梦想,可能会影响你的中考,老爸不想你在人生重大的转折点有一点点的冒险,对不起琪琪,希望你能理解老爸。所以,老爸必须要继续进行自己的计划!

【赵西北坚定地点头。

【特效:倒计时挂历又被撕开一页,显示"30天"。

71.学校走廊　日　内

【夏天走过一个转角,尼小巴忽然出现拦住了夏天。

夏天：(吓了一跳)你又干吗啊,尼小巴!

尼小巴：明天定角色,我知道,你肯定是罗密欧。

夏天：那也不一定。

尼小巴：你就别假惺惺了,明天拿到罗密欧的角色后,认真、积极地参加排练。

夏天：这是必须的,不过我真的不一定是罗密欧。

尼小巴：然后呢？在戏剧大赛那天,你放我们鸽子,就可以了。

夏天：(不敢相信地)放你们鸽子？什么意思。

尼小巴：放鸽子你都不知道？就是说,你答应你会来,但是,你不出现!

夏天：为什么？

尼小巴：这你就不用管了。

夏天：那我为什么要听你的？

【尼小巴指指自己的头发。

夏天：我绝对不会这么做的,这关系到戏剧社的生死存亡!

尼小巴：那你的意思是……

【尼小巴看猫儿远远地走过来。

夏天：你揪我头发也没用!

尼小巴：好,既然你非要我这么做!

猫儿:(打招呼)小巴、夏天。

尼小巴:猫儿你别走！当当当当！

【夏天闭上眼,尼小巴用力一扯夏天的头发,没扯开。

尼小巴:(又扯)当当当当！

【夏天的头发还是好好的。

猫儿:(面无表情)你俩好无聊。

【尼小巴尴尬地扯着夏天的头发。

尼小巴:什么情况？

夏天:(得意地)抱歉,(指头发)长得比较快。

【夏天潇洒地一甩头发,离开。

尼小巴:(撞墙)啊——

72.赵西北家卧室　夜　内

【赵西北捧着剧本练习罗密欧的台词。

赵西北:那边窗子里亮起来的是什么光？那就是东方,朱丽叶就是太阳！起来吧,美丽的太阳！那是我的意中人。啊！那是我的爱……

【赵西北愤怒地摔剧本。

赵西北:也好,还是我自己演罗密欧比较好,如果让夏天念这样的对白……

【赵西北气得咬牙切齿。

赵西北:到时候,只要谁也替代不了的男一号不出现……(得意)我这个计划真是太严谨了!

【赵西北给自己打气。

赵西北:嗯,努力!加油!拿下罗密欧!

【赵西北举起剧本摆着造型,琪琪推门进。

琪琪:老爸,你在干吗?

【赵西北一把把剧本藏在身后。

73.学校戏剧社　日　内

【戏剧社被装饰得很漂亮,金老师、麻老师、叮咚,还有夏天粉丝团坐在台下,所有人鼓掌。尼小巴和踏踏刘站在台上。

【踏踏刘刚举起剧本看,尼小巴就把剧本卷起来。

尼小巴饰演罗密欧:(对踏踏刘饰演的帕里斯)年轻人,请你不要激起我的怒气,使我再一次犯罪!啊,走啊,我可以对天发誓,(看琪琪饰演的朱丽叶)我爱你远胜过爱我自己,因为我来此的目的,就是要跟自己作对。(对踏踏刘)别留在这儿,走吧,好好留着你的性命,以后也可以对人家说,一个疯子发了慈悲,叫你逃走的。

踏踏刘:(念剧本)我不听你这种鬼话,你是一个罪犯,我要逮捕你!

尼小巴:你一定要激怒我吗?那么好,来吧,年轻人!

【踏踏刘也卷起剧本,两个人眼神对抗,开始用剧本打斗。

【打着打着两个人丢开剧本,扭打起来。

【大家看着不对劲。

琪琪:停停停!

【两个人扭打在地上。

【金老师和麻老师急忙上去想扯开俩人,却掰不开。苹果梨上去一把扯开俩人。

苹果梨:你俩去一边歇歇,我觉得他俩都不太合适,咱们让夏天试试好吗?

【夏天粉丝团鼓掌欢呼。

粉丝团:夏天! 夏天! 夏天! 夏天!

琪琪:夏天,你试试吧,今天的投票团都是冲你来的。

苹果梨:嗨,快上去吧!

【苹果梨一把扯夏天上台。

【夏天站在台上,慢慢地卷起剧本。

夏天:我也背了一段,我想试试。

【粉丝团尖叫。

苹果梨:安静! 安静!

【大家都开始期待夏天的表演,夏天在台上站了好一会,也不说话。

琪琪:(小声)夏天,开始吧!

【夏天还是盯着大家。

【夏天主观镜头,老师和同学坐在台下看着自己,所有人开始旋转、叠影。

夏天:(捂着脑袋)啊!

【夏天跑出活动室。

【所有人莫名其妙,还在互相指戳的尼小巴和踏踏刘也面面相觑。

【金老师和麻老师也愣住了。

74.学校某角落　日　内

【尼小巴找到夏天,夏天一个人待着。

尼小巴:你在这啊,大家都找你呢!

【夏天都没转头。尼小巴在夏天身边坐下。

尼小巴:什么情况啊,干吗故意帮我?

夏天:我没有。

尼小巴:那怎么可能,你平常排练的时候表现都那么好……

夏天:这就是我当初不想参加戏剧社的原因,你非让我参加。

尼小巴:你的意思是……

夏天:没错,我有演出恐惧症。

尼小巴:演出恐惧症?不可能,你要是有演出恐惧症,那你的头发都长出来了,怎么不一走了之啊?

夏天：我看到了大家的努力，而且，我也想给自己一次机会……我希望我可以！

【尼小巴沉默。

夏天：所以我真的很努力准备了，我已经尽力了！可是还是这样，只要台下有观众，我就记不起来词，我知道今天是选角，不用背，可是我必须要试试，我不能等真的上舞台了，拖大家后腿。当然，我不知道你为什么让我进戏剧社，又总想要我拖大家后腿！

尼小巴：我这不是开玩笑嘛！

夏天：不管你怎么想的，反正我演不了罗密欧，我会向琪琪推荐踏踏刘出演。

尼小巴：不是，你怎么就不能相信我呢？

夏天：让我拿什么相信你？

尼小巴：我……我帮你治好演出恐惧症！

夏天：怎么可能？我从小就这样！

尼小巴：如果我治好了呢？

夏天：那我就相信你和我们是一条心的！

尼小巴：那你答应，就算你没有了演出恐惧症，你也不跟我抢罗密欧的角色，并且，支持我出演罗密欧！

夏天：我答应你！

尼小巴：一言为定！

75.赵西北工作室 夜 内

【赵西北在工作室翻箱倒柜地寻找,终于找出了一个隐形眼镜盒。

【赵西北舒了一口气。

76.学校戏剧社 日 内

【麻老师给琪琪、苹果梨、猫儿、踏踏刘掏出一把五颜六色的木剑。

所有人:太漂亮了!

琪琪:麻老师,有您当我们的道具师,我们一定成功!

麻老师:(不好意思)我有一个提议,我们把这次比赛的道具,全部做成五颜六色的,最终,我们给大家呈现一个彩色版的《罗密欧与朱丽叶》,你们觉得怎么样?

所有人:那太好了!

【尼小巴捧着隐形眼镜盒拉着夏天进活动室。

尼小巴:快快快,戴上试一试!

夏天:能行吗?

尼小巴:不试试怎么知道?

夏天:咱们都这么熟,我根本不会紧张。

琪琪:我们几个坐台下给你当观众啊!

【琪琪和苹果梨立刻坐到台下,挥舞双臂。

琪琪、苹果梨:(高呼)夏天！夏天！

夏天:不行,必须得是陌生人,而且最好还是黑压压的一片人头。

琪琪、苹果梨:啊？

麻老师:这好办！你们等着！

【原地转场。

【一个个座位上贴着各种各样画的人头,后面还画了黑压压一片的人头。

麻老师:怎么样？

夏天:有点紧张……

尼小巴、琪琪:(击掌)成功！

【夏天戴上隐形眼镜。所有人围在夏天身后。

琪琪:怎么样？

【夏天看向台下。

【夏天主观镜头,台下的人头都变成了一个个西瓜。夏天"扑哧"一声笑了。

夏天:真的,真是西瓜！

琪琪:那你还紧张吗？

【夏天转头看琪琪,又乐。

琪琪:怎么了？

夏天:你也是西瓜！

【苹果梨一把扯过夏天。

苹果梨:那我呢,那我呢?

【夏天看大家。

夏天:你们都是西瓜!

【所有人哈哈大笑。

琪琪:那你试试!

苹果梨:赶紧的!

【众人安静,夏天看着台下,深呼吸。

【众人期待地看着夏天。

夏天:要是她的眼睛变成了天上的星,天上的星变成了她的眼睛,那便怎样呢?她脸上的光辉会掩盖了星星的明亮,正像灯光在朝阳下黯然失色一样……

【所有人都被陶醉了。

夏天:(激动地)我可以了,我做到了!

苹果梨:哦,这就是罗密欧!

夏天:(急忙)不,我觉得我还不是很稳定,我希望推荐……尼小巴饰演罗密欧!

踏踏刘:为什么不是我!

夏天:他都背下台词了!

【众人互相看看。

琪琪:我觉得夏天说得有道理。

【大家点头。

尼小巴:(不可思议)这么容易就定我了吗?(蹦

跳)我要演罗密欧了!我要演罗密欧了!

　　琪琪:一切都顺利起来了!

　　苹果梨:戏剧大赛!我们来啦!

　　【大家都开心地抱在一起跳。

　　踏踏刘:啊,我又演不了英雄了……

77.系列蒙太奇(穿插倒计时翻页)

　　A.学校戏剧社　日　内

　　【戏剧社成员排练。苹果梨念开场诗也客串别的角色,琪琪和尼小巴分别饰演朱丽叶和罗密欧,夏天饰演了劳伦斯神父,其余角色由猫儿和踏踏刘客串。尼小巴也非常认真地参加排练。

　　B.赵西北家卧室　夜　内

　　【琪琪趴在门口。

　　琪琪:老爸,戏剧大赛,你一定要来哦!

　　赵西北:绝对没问题!

　　【琪琪开心地关门出去了。

　　赵西北:(自语,得意)当然没问题啦,尼小巴又不会出现,老爸会全程陪你的!

　　C.学校戏剧社　日　内(穿插进行)

　　【麻老师不断做出一个个五颜六色的道具和背景。

D.学校戏剧社更衣室　日　内

【戏剧社的女孩们在更衣室试服装改服装,金老师也来帮忙。

【换男孩们试衣服,尼小巴穿上罗密欧的衣服。

所有人:哇,太帅了!

E.学校走廊　日　内

【猫儿和踏踏刘认真地对词。猫儿面无表情,踏踏刘给猫儿挤眉弄眼,都没能逗笑猫儿。

踏踏刘:总有一天,你的脸部肌肉会动起来的!

F.学校戏剧社　日　内

【夏天对着黑压压的人头练习,琪琪帮忙。尼小巴在一旁看着,有一些犹豫。

G.学校戏剧社　日　内

【倒计时翻到了"2天",戏剧社成员穿着戏服,摆上背景、道具,彩排,谢幕。

【谢幕结束。

琪琪:最后两天,加油!

【大家围在一起,手摆在一起"加油"。

众人:加油!

尼小巴:(有些心虚)加油……

78.学校教室　日　内

【尼小巴和琪琪的位置因为那次乌龙事件已经被调换了,并不是隔壁了。

【课间,琪琪在做作业。尼小巴看着琪琪,犹豫着站起来,又坐下。

【尼小巴最后选择写了一张纸条,托旁边的同学递给了琪琪。

【琪琪打开,纸条上写着:如果有人临时退出戏剧大赛,你还会原谅他吗?

【琪琪"腾"地站起来走到尼小巴身边。

琪琪:尼小巴同学,是你要退出吗?我告诉你,不管是谁,如果现在说退出戏剧大赛,那就送他两个字:绝交!而且是一辈子!

尼小巴:(急忙)不是琪琪,不是我……我是帮……夏天问的……

琪琪:(就要走)我这就去他们班找他!

尼小巴:别、别……

【叮咚跑过来。

叮咚:琪琪,古老师让你去他办公室。

琪琪:(对尼小巴)希望不是你!

【琪琪离开,尼小巴大喘了一口气。

叮咚:(神秘地)你知道吗?琪琪这次的数学考试,考砸啦!

尼小巴:(生气地)什么?

叮咚:嘘,古老师还让她找家长签字。

尼小巴:这样啊……(从生气到高兴)太好了!

叮咚:尼小巴,没想到你是这样幸灾乐祸的人!

79、赵西北家卧室/赵西北家琪琪卧室　夜　内

A.赵西北家卧室

【赵西北半开着门,看着对面琪琪的卧室紧闭的大门。

赵西北:(自语)怎么还不来找我啊……

【赵西北蹑手蹑脚地走出去,趴在琪琪的卧室门外偷听,里面什么声音都没有。

赵西北:(自语)嗯,还是现在好好谈一次比较好,万一以后哪天知道我就是尼小巴了,还放了他们鸽子……

【闪回:琪琪说"绝交"!

【赵西北打了一个寒战,赶紧举着自己手写的纸条,边背边看。

赵西北:琪琪,你现在是初二,一次考试的失败,老爸不责怪你,但如果你们今年比赛得奖,戏剧社就会一直办下去,这势必会影响到你的中考……

【赵西北的电话忽然响了起来,赵西北不耐烦地掏出手机,没有响声,赵西北意识到是另一个手机,急忙翻过公文包,从书包里掏出了尼小巴的手机。

【赵西北一看来电显示,"琪琪"!赵西北差点没捧住手机。

【赵西北急忙趴到门缝,琪琪卧室的大门紧闭。

【赵西北犹豫地接了起来。

琪琪OS:(压低嗓门)小巴同学,你在忙吗?

赵西北:琪琪?

【赵西北发现自己的声音不对,急忙关上门,躲进被窝露出一个脑袋,压低声音捏着嗓子努力模拟尼小巴的声音。

赵西北:琪琪,你怎么了?

B.赵西北家琪琪卧室
【琪琪趴在被窝里,露出一个脑袋。
琪琪:你今天声音怎么怪怪的?

A.赵西北家卧室
赵西北:哦,我、我练台词,嗓子哑了。

B.赵西北家琪琪卧室
琪琪:哦哦你保护好嗓子,小巴同学你想法多,你能不能帮我出个主意啊……

A.赵西北家卧室
琪琪 OS:怎么跟我老爸骗到家长签字啊?
【赵西北的电话又差点没拿稳。
赵西北:(故作镇定)这个,很难办吧……
琪琪 OS:我知道……

B.赵西北家琪琪卧室
琪琪:可是我老爸要知道我考砸了,肯定不给我签字!
赵西北 OS:那我也没办法了。
琪琪:你就帮我想想吧,这次真的非常重要,你要成功帮我拿到我老爸的签字,就算你还完我的人情了!

A.赵西北家卧室
赵西北:人情?
琪琪 OS:你忘了,虽然我不知道你怎么做到的,但是夏天的头发肯定是你剃的! 我可是帮你一直保密着!

B.赵西北家琪琪卧室

琪琪:我这么一个小忙,你都不帮吗?

赵西北OS:可是……

琪琪:别可是了,你快帮我想想吧!拜托拜托拜托,我就求你这么一次!

A.赵西北家卧室

【赵西北纠结地用头砸枕头。

琪琪OS:拜托拜托拜托……

赵西北:你在快递单的签名栏上剪个孔,把试卷塞进夹层,找一个灯光不好的地方,让你爸签名。

B.赵西北家琪琪卧室

琪琪:那我爸要拆快递我怎么办啊。

赵西北OS:你在里面随便装个笔袋什么的不就得了。

琪琪:(激动地从被子里钻出来)尼小巴同学,大恩不言谢!

【琪琪一把挂掉电话。

A.赵西北家卧室

【赵西北听着电话里挂掉的忙音郁闷。

【一会,响起"咚咚"的敲门声。

【赵西北急忙起身,把刚才的稿纸藏起来,开门。

赵西北：(故作不知)琪琪,还没睡啊?

【琪琪不敢看赵西北的眼睛,急忙走开。

80.赵西北家客厅　夜　内

【客厅没开灯,琪琪走到餐桌旁。

琪琪：老爸,有一份快递,你签个字吧。

【赵西北强压着气愤走过来,一声不吭。

赵西北：不开灯吗?

琪琪：啊?开……开吗……

【琪琪走到开关旁边,手摸向开关。

赵西北：别开了,就一个名字。

琪琪：啊……

【赵西北放下快递盒。

琪琪：(心虚地)我……新买了个笔袋,你要不要打开看看。

赵西北：(用手拍自己的脑袋)不用了。

【赵西北回身往卧室走。

琪琪：那我把单子送出去。

【琪琪假装打开大门,走出去,撕下单子和试卷藏进兜里,再回来关上大门。

【赵西北刚走到卧室门口。

赵西北：(回头)这么晚还有送快递的啊?

琪琪：(愣,不知道怎么回答)我……也不知道啊……

　　赵西北:很敬业。

　　【赵西北重重地关门进卧室。

　　【琪琪长长地舒了一口气。

　　琪琪:(自语)吓死我了!

81.赵西北家卧室　夜至清晨　内

　　【赵西北翻来覆去睡不着,起身又拿起枕头撞。

　　【原地转场。

　　【清晨,闹铃响,赵西北睁着眼关掉闹铃,揉着两个夸张的大黑眼圈,气冲冲地从床上起来。

82.赵西北家客厅至赵西北家琪琪卧室　清晨　内

　　【赵西北顶着黑眼圈气冲冲地走出自己的卧室,推开琪琪的卧室门,被子已经叠好,琪琪已经出门了。

　　【赵西北气得火冒三丈,大喘气。

　　【电话铃响。

　　【赵西北从口袋里掏出昨天尼小巴的手机,一看没反应,便将它丢到床上,又掏出自己的那个大手机,来电显示"琪琪"。

赵西北:(生气地接起)喂!

琪琪OS:老爸,你起床了吗?

赵西北:(生气)琪琪,我有一件非常严重的事情要跟你谈……

琪琪OS:老爸,我也有一件非常重要的事要和你说。

赵西北:(强压愤怒)好,你说!你先说!我看你能说什么!

琪琪OS:老爸,其实我昨天晚上让你签的,不是快递单,而是我的数学试卷。

【赵西北没料到琪琪会说这些,惊讶。

83.赵西北家小区　清晨　外

【琪琪背着书包,一手拿着试卷,一手举着电话,往前走。

琪琪:我没考好,可我不敢告诉您,因为明天就是戏剧比赛,我不希望大家的努力因为我一个人受到影响。我本打算向您证明,学习和戏剧社是可以共存的。但我没有做好,还欺骗了您。我整整一夜都没睡好,出门前就想跟您坦白,但是我没有勇气……

84.赵西北家琪琪卧室　清晨　内

【赵西北握着电话,心里五味杂陈。

【电话那头传来琪琪的声音。
琪琪OS:对不起,老爸……
【赵西北没有说话。

85.学校排练室　日　内
【倒计时显示"1天",戏剧社六人组进行最后的排练。眼圈发黑的尼小巴有些走神。
琪琪:(饰演朱丽叶)明天我应该在什么时候叫人来看你?
尼小巴:(饰演罗密欧)就在……就在……
苹果梨:(在一旁小声提醒)九点钟!九点钟!
尼小巴:(饰演罗密欧)哦,九点钟!
琪琪:小巴,你今天怎么了?
尼小巴:哦哦,可能……有点累吧……
琪琪:谢谢你小巴同学,我之前还觉得你对戏剧社一点都不上心,没想到你这么认真地练习。
尼小巴:(愧疚)我……
琪琪:你先休息一会吧,昨天你嗓子也累哑了。
尼小巴:没……没有……
苹果梨:哎呀,叫你休息你就休息一会吧,看我们的!
【苹果梨一把扯过尼小巴,让他坐在台下看大家表演。

琪琪:那我们先演没有罗密欧的戏吧。

苹果梨:好!

麻老师:(举手)我插一句,明天早上9点演出,7点半到剧场,道具由我带,那些家伙太琐碎了,免得丢了,服装大家各自带到剧场换,你们觉得怎么样?

琪琪:嗯,我觉得没问题。来,加个油!

【众人又把手聚到了一起!

所有人:加油!

【大家非常认真地开始演出。

【尼小巴在台下看着大家,百感交集。

86.赵西北工作室　夜　内

【赵西北很用力地做着"完美桌椅"。

【李沫着急地拉着行李箱推门进。

李沫:西北,你收到邮件了吗?

赵西北:没看邮箱。

李沫:哎呀呀,都不早点通知我们,现在告诉我们明天就比赛!

赵西北:明天? 发明大赛?

李沫:对啊,准备都来不及! 你还差多少?

赵西北:我,倒是差不多了……

李沫:我得赶个通宵,不跟你多说了,我赶紧去我屋了! 对了,老板定了明早9点半的飞机,我就直接从这儿出发了。

【李沫拉着行李箱出了工作室。

【赵西北从口袋里拿出"变小孩药丸",放在工作台上,坐下。

【镜头在"变小孩药丸"和"完美桌椅"之间来回换。

【赵西北不断看着两个东西,纠结。

赵西北:(站起来)真的是不凑巧!所以,琪琪,不是我故意不去的!

【赵西北捏起"变小孩药丸"。

赵西北:是不凑巧!没错,是真的不凑巧!

【赵西北把药丸丢进了抽屉,准备走,又回来锁上,把钥匙丢在了一堆杂七杂八的零件盒里。

【赵西北出门。

87.赵西北家卧室　清晨　内

【琪琪背着书包兴高采烈地推门进。

琪琪:老爸!

【屋里没人,地上放着一个敞开的行李箱,里面装了一些奇奇怪怪的发明工具和一些文件资料、电脑等杂物。

【琪琪过去蹲下翻行李箱。

【赵西北从卧室外拿着一叠文件进来。

赵西北:琪琪……

琪琪:(高兴地站起来)老爸,咱们快出发吧!

赵西北:出发?

琪琪:你忘了,今天我要参加戏剧大赛啊,你说了会来看的哦,不许再放我鸽子!

赵西北:啊,我……

琪琪:啊?不会你现在就要去参加发明比赛吧……

赵西北:呃……

琪琪:(失落地低头)我还以为你怎么也可以看完我们的演出呢……

赵西北:对不起琪琪,老爸……

琪琪:(忽然抬头)哈哈老爸,我理解的啦,咱们的比赛都很重要,我不会怪你的啦!

【赵西北内疚地不知道说什么。

琪琪:对了,老爸,我们同学那天带来一个发明,那个眼镜戴上去,看谁都会变成西瓜,简直太酷了!

赵西北:是吗?

琪琪:原来发明这么好玩,(边往外走)老爸,等你回来,我要去你工作室看看!

【琪琪出卧室门,回头。

琪琪:老爸加油,我看好你哦!

【琪琪出门,赵西北站立犹豫,但还是关上了行李箱,拉着行李箱出门。

88.戏剧大赛现场剧场化妆间　　日　内

【除尼小巴以外的戏剧社成员在化妆间紧张地换衣服、化妆、练习。金老师和麻老师在帮忙。

【琪琪帮苹果梨拉拉链。

琪琪:来,呼——吸——呼——吸!保持不动!

【苹果梨憋着气,琪琪一把拉上去。

【夏天揉眼睛,麻老师和夏天脸对脸贴得很近。

麻老师:我怎么会不是西瓜呢?(调整位置和距离)现在呢?现在呢?

夏天:我知道了,戴反了!

【夏天急忙跑到一边,重新戴隐形眼镜。

琪琪:(一边翻道具一边喊)夏天,千万要戴好……哎,小巴同学呢?

【众人忽然意识到没有看到小巴。

踏踏刘:对啊,我就说今天琪琪身边怎么少了一个人。

【大家一片混乱。

琪琪:我给他打电话!

【琪琪拨电话。

89.出租车内　日　内

【赵西北坐在车里,电话响。

【赵西北拿出尼小巴的手机,来电显示是"琪琪",

赵西北犹豫地选择了关机。

90.戏剧大赛现场剧场化妆间　日　内
【大家都紧张地看着琪琪,琪琪放下电话。
琪琪:关机了……
麻老师:我去外面找找。
【麻老师赶紧出门。
【夏天刚戴好隐形眼镜,忽然想到。
夏天:这个尼小巴,他肯定是故意的!
琪琪:怎么回事?
夏天:我就不应该相信他,那天他来找我……

91.机场大门外　日　外
【赵西北下出租车,从后备箱拿出行李箱,拉着行李箱往机场大门走。

92.戏剧大赛现场剧场化妆间　日　内
夏天:事情非常清楚了,他就是故意的!
猫儿:他为什么要这样做?
夏天:这我就不知道了。
苹果梨:这个尼小巴,看我怎么收拾他!
【琪琪失落地坐下。
金老师:离演出开始还有半小时,我们再等等他吧,说不定,他真因为什么事情耽误了。

93.机场大厅　日　内

【赵西北在托运行李的地方排队,赵西北看手表,8点40分。

94.戏剧大赛现场剧场化妆间　日　内

【大家紧张地看着化妆间墙上的钟,8点50分。
【麻老师气喘吁吁地跑回来,脸上脏兮兮的。
麻老师:没有,哪儿找了都没有。舞台下面我都爬进去找了!
琪琪:(站起来)不等了,我们去候场吧!
苹果梨:那,一会谁演罗密欧啊?(忽然想起)夏天,你可以吗?
夏天:我就背过一段罗密欧的词,我怕忘记劳伦斯神父的词,就特别专心地在背神父的……
踏踏刘:我也想啊,可是罗密欧的词那么多,谁都记不住啊!
琪琪:我和罗密欧对词对得最多,我大概都记住了。
猫儿:可是你是朱丽叶。
琪琪:(豁出去) 大不了,一会儿我跳过来跳过去,一个人演罗密欧和朱丽叶!

苹果梨:这,这样根本拿不了奖的啊!
【众人沉默。
琪琪:(失落)没错,除非有奇迹。走吧!
【大家情绪失落地走出化妆间。

95.机场大厅　日　内
【排队轮到了赵西北,赵西北把行李箱放上了传输带。

96.戏剧大赛现场剧场　日　内
【台下坐着黑压压的评委和观众,苹果梨左顾右盼,神情忐忑地走上舞台,开始念开场诗。
苹果梨:故事发生在维罗纳名城,有两家门第相当的巨族,累世的宿怨激起了新争,鲜血把市民的白手污渎。

97.空镜
【一辆飞机飞过天空。

98.戏剧大赛现场剧场后台　日　内
【猫儿和踏踏刘候台,琪琪失落地站着。
踏踏刘:尼小巴不会来了,要不,我们就别演了。
琪琪:(挤起笑容)你们的爸爸妈妈都来了,别让他们失望。

【踏踏刘和猫儿犹豫。

琪琪：我去找一件男装，我一个人演罗密欧和朱丽叶，就这么定了！

【琪琪故作高兴地离开。

【猫儿和踏踏刘对视，苹果梨下台，猫儿和踏踏刘上台。

99.戏剧大赛现场剧场化妆间　日　内

【琪琪穿着朱丽叶的衣服趴在化妆台哭。

【金老师和麻老师在一旁不知所措。

金老师：你快去安慰安慰她。

麻老师：要不，还是你去吧。

金老师：那一起……

【金老师和麻老师过去拍琪琪的肩膀。

琪琪：（抬头擦眼泪）没事，我这就换衣服！

【金老师看到琪琪的妆哭花了。

金老师：等等，等等，我给你补一下妆。

【金老师给琪琪补妆。

100.戏剧大赛现场剧场　日　内

【舞台上，踏踏刘和猫儿分别饰演蒙太古和蒙太古的妻子，苹果梨饰演罗密欧的朋友卞伏里奥，三人都情绪低落地表演。

猫儿:啊!罗密欧呢?(有些生气)你今天见过他吗?我很高、兴他没有参加这场斗争。

苹果梨:伯母,在尊严的太阳开始从东方的黄金窗里探出头来的一小时以前,我因为心中烦闷,到郊外去散步……

【舞台下,评委们摇头,家长们议论纷纷。

101.戏剧大赛现场剧场化妆间 日 内

【金老师给琪琪补完妆,琪琪在剧场的一堆脏衣服里挑衣服,挑了一件看上去勉强凑合的男孩衣服,走进更衣室。

【琪琪走出来,衣服都有点破,很难看。

琪琪:怎么样?

【金老师和麻老师挤出笑容,竖起大拇指。

麻老师:帅气!

【琪琪给自己打个气,出发。

102. 戏剧大赛现场剧场 戏剧大赛现场剧场后台 日 内

A.戏剧大赛现场剧场

【演出还是死气沉沉。

踏踏刘:但愿你留在这儿,能够听到他真诚的吐露。来,夫人,我们去吧。

【踏踏刘和猫儿下。

踏踏刘:(小声对猫儿)你刚才好像生气了。

猫儿:(小声)没有。

苹果梨:早安,罗密欧。

B.戏剧大赛现场剧场后台

【琪琪跑到上场口,正要上台,破衣服勾住了一颗钉子,踏踏刘和猫儿急忙过来一起解。

A.戏剧大赛现场剧场

【苹果梨又呼唤。

苹果梨:早安,罗密欧。

【还是没人上台。

【台下更加议论纷纷。

评委一:什么情况?

评委二:太不专业了,我认为这出戏可以中止了。

B.戏剧大赛现场剧场后台

【琪琪和踏踏刘急得满头大汗,猫儿也焦急地走来走去。

A.戏剧大赛现场剧场

【苹果梨在台上不知道怎么办了,对观众打招呼。

苹果梨:呵呵……早安……

【评委二摇摇头,正要按下一个红色的按钮。

尼小巴OS:天还是这样早吗?

【评委二抬头看舞台,把手收了回来,苹果梨激动地转身。

【尼小巴穿着罗密欧的衣服,帅气地上台。

B.戏剧大赛现场剧场后台

【琪琪、猫儿、踏踏刘抬头看舞台,激动地抱在一起。

琪琪:真的有奇迹!

【猫儿一把扯破挂住的衣服。

猫儿:(有一点激动)琪琪,快,回去换朱丽叶的衣服!

琪琪:嗯!

【琪琪往回跑。

踏踏刘:(盯着猫儿)你脸上刚才那是什么?是表情吗?

A.戏剧大赛现场剧场

【苹果梨有点喜极而泣,还不太敢相信。

苹果梨:刚才、刚才敲过九点钟。

尼小巴:(非常投入)唉！在悲哀里度过的时间似乎是格外长的。急忙忙地走过去的那个人,不就是我的父亲吗?

103.戏剧大赛现场剧场化妆间　日　内

【琪琪兴奋地冲进化妆间,金老师、麻老师、夏天都在紧张地等待。

琪琪:(边跑)罗密欧回来了!

【所有人鼓掌跳起来,金老师急忙拿过朱丽叶的衣服给琪琪。

104. 戏剧大赛现场剧场　戏剧大赛现场剧场后台　日　内

A.戏剧大赛现场剧场

【尼小巴和琪琪表演,气氛越来越好。琪琪站在舞台上方的一个彩色架子上。

尼小巴:她脸上的光辉会掩盖了星星的明亮,正像灯光在朝阳下黯然失色一样;在天上的她的眼睛,会在太空中大放光明,使鸟儿误认为黑夜已经过去而唱出它们的歌声。

【台下所有人热烈鼓掌。评委们点头。

B.戏剧大赛现场剧场后台
【麻老师和踏踏刘趴在台侧,看得热泪盈眶。
麻老师:哦,我都被感动了……
【夏天有点焦虑地踱步。

A.戏剧大赛现场剧场
【琪琪还是站在架子上,尼小巴在架子和舞台之间架着的一个彩色梯子中间,梯子本身放置得快要垂直地面。
琪琪:可是我就好比一个淘气的女孩子,像放松一个囚犯似的,让她心爱的鸟儿暂时跳出她的掌心,又用一根丝线把它拉了回来,爱的私心使她不愿意给它自由。
【琪琪挪动脚,不小心碰到了梯子。
【尼小巴单手挂着梯子,挥手要说台词,一用力,梯子和架子中间出现空隙。
尼小巴:我但愿……
【梯子开始往后仰。
【观众席上发出惊呼,琪琪也惊得捂住了嘴巴,忘记去够梯子。

B.戏剧大赛现场剧场后台
麻老师:不好!

【麻老师就要往上冲。

A.戏剧大赛现场剧场
【梯子已经被不知道什么时候上台的踏踏刘往回推了一把,重新靠回了架子上。
【所有人舒了一口气。

B.戏剧大赛现场剧场后台
【麻老师和夏天也舒了一口气。

A.戏剧大赛现场剧场
【琪琪和尼小巴向踏踏刘投去感激的目光。
【踏踏刘故作轻松地给自己加词。
踏踏刘:嗨,罗密欧,我刚经过这,你可要小心哦!
【所有人鼓掌叫好。
【踏踏刘下台。

B.戏剧大赛现场剧场后台
【麻老师抱住踏踏刘。
麻老师:你太棒了,你什么时候上去的?
夏天:你救了罗密欧!
麻老师:你还救了整出戏!

踏踏刘:(故作轻松)嗨,别人都是英雄救美,我救尼小巴,有点没意思。

【麻老师和夏天笑。

麻老师:(一看舞台灯灭)换场了,换场了,夏天,该你了!眼镜戴好了吗?

【夏天点头。

踏踏刘:放轻松!

【琪琪和尼小巴从舞台上下来,和夏天拥抱加油,夏天上场。

【琪琪和尼小巴去拥抱踏踏刘。

A.戏剧大赛现场剧场

【夏天穿着劳伦斯神父的衣服站到了舞台中间。

【夏天的表情从自信变慌张。

【夏天主观镜头,下面黑压压的人头,没有变成西瓜,下面的人头开始旋转、叠影。

【夏天满头大汗。

B.戏剧大赛现场剧场后台

【琪琪、尼小巴松开踏踏刘,几个人和麻老师紧张地看着舞台上的夏天。

尼小巴:怎么回事? 他戴上眼镜了吗?

麻老师:我刚才跟他确认过!

尼小巴:那不会这样啊!
【琪琪从尼小巴的肩膀上捡起一片隐形眼镜。
尼小巴:(惊讶)我发誓我没有搞破坏。
琪琪:刚才的拥抱……

【闪回:刚才琪琪和尼小巴下台,和上台的夏天拥抱。
【特写:分开的一瞬间,夏天的隐形眼镜粘在了尼小巴的肩膀上。

踏踏刘:我给他送上去!
尼小巴:不行,这样的眼镜如果让评委们知道了,可能会被认为是作弊。
踏踏刘:那怎么办啊……
尼小巴:只能靠他自己了。

A.戏剧大赛现场剧场
【台下的夏天粉丝团站起来,挥舞"夏天"的牌子。
粉丝团:(高呼)夏天!夏天!夏天!
【在夏天的耳朵里,这些声音都变得恍惚,险些晕倒。

B.戏剧大赛现场剧场后台

【金老师和猫儿、苹果梨也赶过来。以下猫儿比原来稍有点表情,但是还是非常不明显。

苹果梨:什么情况,怎么没有声音了?

琪琪:夏天的眼镜掉了。

苹果梨:那没戏了……

尼小巴:(小声地对着舞台上的夏天)加油,夏天,你可以的!

踏踏刘:(小声)快运用你的想象,下面全部是大西瓜,大西瓜!

麻老师:(着急)对啊,大西瓜、大西瓜!

【大家不自觉地都把手握在了一起。

A.戏剧大赛现场剧场

【观众席的呼唤声在继续,但是评委们有些不耐烦了,后排有几个观众都开始离席。

【夏天满头大汗。

【夏天闭上眼睛,深呼吸。

【灯光下的夏天坚定地睁开眼睛。

夏天:(饰演劳伦斯神父)黎明笑向着含愠的残宵,金鳞附上了东方的天梢,看赤轮驱走了片片乌云,像一群醉汉向四处浪奔……

【呼唤声静止,后排的观众重新入座,大家安静。

B.戏剧大赛现场剧场后台
【所有人舒了一口气。

A.戏剧大赛现场剧场
【戏剧社六人上台谢幕,尼小巴在琪琪身旁。
【舞台下夏天的粉丝团站起来鼓掌、跳跃。家长们也纷纷站起来鼓掌。

B.戏剧大赛现场剧场后台
【金老师和麻老师激动相拥。
麻老师:哦,我都要哭了!
金老师:我太骄傲了!

A.戏剧大赛现场剧场
【戏剧社成员返回幕后,又回到台前谢幕,尼小巴没有上来。
琪琪:一会儿得好好找你算账,(转头一看)尼……
【琪琪寻找尼小巴,没有。
【琪琪看台下想寻找尼小巴,结果发现赵西北从座位上站起来,使劲鼓掌。
琪琪:(惊喜)老爸?!
【赵西北对琪琪竖起大拇指,使劲鼓掌。

105.赵西北家客厅　日　内

【赵西北和琪琪切一个蛋糕。

赵西北:恭喜你,演出非常成功!

琪琪:谢谢老爸!

赵西北:不过,是第三名,要再接再厉哦!

【琪琪和爸爸拿蛋糕干杯。

琪琪:对了老爸,你那个发明比赛没去也没关系,以后你就回家做发明,我的卧室给你当工作室,我就睡这儿!

【赵西北的电话响,赵西北接起电话。

赵西北:喂你好。

女人OS:您好,请问是赵西北先生吗?

赵西北:没错,是我。

女人OS:我们是新时代发明组委会,很荣幸地通知您,您的"返老还童药丸"荣获了这次发明大赛的一等奖……

赵西北:返老还童药丸?

琪琪:老爸,什么药丸?

赵西北:(慌乱)没、没、没……

106.机场大厅　日　内

【赵西北拎着公文包急匆匆进来。

【赵西北排队将公文包托运。

【公文包接触到传输带的一瞬间,暂停。

【闪回开始。
【字幕:7小时以前。

107.机场大厅　日　内
　　【一个大行李箱在接触到传输带的一瞬间,暂停。
　　赵西北:我不可以这样做!
　　【赵西北拎回箱子,拼命往门口跑。

108.赵西北工作室　日　内
　　【赵西北拉着行李箱冲进工作室,与拉着行李箱出门的李沫撞了个正着。
　　李沫:你怎么还没走? 快快快,要误机了!
　　赵西北:我不去了。
　　李沫:(双目圆睁)你说什么?!
　　【赵西北在一堆杂物里找钥匙。
　　赵西北:我不能让我女儿失望,你也别劝我。
　　李沫:我也没时间劝你,这样,(丢过来他的手机)东西我带走,你录一段使用说明,快点,我现在去打车,一会跟你拿!
　　【李沫出门。
　　【赵西北找到钥匙,一看手表,8点50分,赵西北点开李沫的手机对着"完美桌椅"。

赵西北:(快速地演示)就是这样,保护脊椎,支撑胳膊肘,(拿过一个托腮器插在桌子前面的孔里,把脸放进去)托腮。

【赵西北快速按了一下手机关闭录制按钮,也没看成功没成功,赶紧服下变小药丸,打了一个喷嚏。

109.赵西北工作室门外/出租车内　日　外/内

A.赵西北工作室门外

【李沫刚打好一辆车,跟师傅说话。

李沫:师傅稍等我一下。

【尼小巴穿着宽大的衣服跑出,打开车门就跳了进去。

李沫:哎……

B.出租车内

尼小巴:师傅,我爸给我叫的,东方剧场,快!

【师傅踩一脚油门。

A.赵西北工作室门外

【李沫拍打车窗,出租车快速离开。

B.出租车内

【尼小巴打开公文包换戏服。

尼小巴:师傅,快快!

【闪回结束。

110.发明比赛现场/学校戏剧社　日　内

A.发明比赛现场

【赵西北冲进现场,发现现场的大屏幕上正播放视频,视频里,已变小的尼小巴穿着大衣服往外跑。

【赵西北看到一个举着机器的录像师。

赵西北:(冲过去)快、快关了,快关了!

【现场所有人看过来。

李沫:(惊喜)赵西北!(大声)他就是我的同事,天才发明家赵西北!

【许多人围过来,组委会的人把赵西北架起来。

【赵西北被直接架到了台上。

主持人:现在,让我们以热烈的掌声,欢迎本次发明大赛年度特别大奖的获得者赵西北先生,为我们发表获奖感言!有请!

【主持人下,赵西北站在话筒前,叹了一口气。

赵西北:好吧,看来已经来不及了。我真心希望我的女儿没有看到这个直播。

B.学校戏剧社

【叮咚举着一个平板电脑,戏剧社的成员们围在一旁观看,麻老师也在。

叮咚:怎么可能?有我叮咚在,哪有错过的八卦!

【苹果梨打叮咚。琪琪面色凝重。

夏天:(想安慰)尼小……不对,你爸爸……是有点过分哦……但是,他也是为了你嘛……

众人:对啊……

【琪琪沉默。

【视频中。

赵西北:琪琪,如果你在看这个直播,那么老爸想跟你真诚地道歉。老爸不应该欺骗你,不应该利用这个药丸冒充你的同学监视你。我知道,这样很不尊重你……

A.发明比赛现场

赵西北:我知道我这样做很过分……老爸有一颗爱你的心,但不知不觉侵占了你的私人空间。其实跟你相处的这几个月,老爸也学会了很多……(转身对主持人)对不起,我可以申请把"完美桌椅"搬上舞台吗?

主持人:啊?这个并没有得奖。

赵西北:那也是我的发明。

主持人:那当然可以!

【工作人员将"完美桌椅"搬上舞台。

【赵西北演示"完美桌椅"。赵西北打开桌椅,坐了进去。

赵西北:这是老爸为你设计的一个桌椅,因为老爸发现你有时候做作业会驼背,所以设计了这样一个环型的桌椅,以便固定住你的背,而且环型还有一个好处,就是让你用电脑时,两边的胳膊肘有承托力,不至于很累,当然,老爸最最得意的就是这个托腮器。

【赵西北从桌椅旁边拿出外挂的一个托腮器,插在桌子靠近胸前的一个小孔固定。

赵西北:因为你老是喜欢单手托腮,另一个手要么写字要么用鼠标,这个姿势让你的脊椎都开始旋转。所以老爸经常会说你"别托腮、别托腮",希望通过我的训斥能阻止你做"托腮"这个动作。

B.学校戏剧社

苹果梨:还真是,你经常会托腮。

猫儿:我也会。

叮咚:(单手托着腮看)我也是啊。

【视频中。

赵西北：当然，根本没有任何效果。

踏踏刘：那是当然啊，不托腮，脑袋一会儿就累了，谁做得到啊。

苹果梨：就是啊！

A.发明比赛现场

赵西北：但是，当我想到要在"完美桌椅"实现这个托腮器的过程中，我忽然明白了，在孩子的成长中，父母过多地干预，其实并不是一件好事，因为干预再多，孩子自己想要做的，他还是会去做的。

【台下有人点头表示赞同。

赵西北：所以，在孩子的成长中，如果不是犯法的、违规的、绝对的错事，只要他感兴趣的，都应该鼓励孩子去尝试，让他自己在摸爬滚打中，学会人生的道理。而父母，就跟这张"完美桌椅"里的托腮器一样……

【赵西北把自己的脸放进了托腮器，托腮器稳稳地托住了赵西北的脸。

赵西北：小心地做好，保护他脊椎不会受伤的工作就好。

【台下安静，继而爆出热烈的掌声。

B.学校戏剧社

【同学们也忍不住要鼓掌,苹果梨一个眼神,大家都明白了,放下了手。

【大家看琪琪,琪琪还是沉默不语。

A.发明比赛现场

【在掌声中,礼仪小姐上场,捧上一个发明奖奖杯。

主持人:赵西北先生,虽然我很喜欢你这个"完美桌椅",但是现在还是要先给你的返老还童药丸颁奖!现在,让我们有请……

赵西北:对不起,我还要诚实地告诉大家,这个发明并不是我的专利。

【现场一片哗然。

赵西北:我只是这个发明的受益人,虽然说出来你们不一定会信,但是我必须要告诉你们,它的主人是一个小朋友,我现在不知道他是谁,但是我可以给组委会提供一条线索,他每次出现给我药丸时,手里都会拿着一个棒棒糖。

【所有评委议论纷纷。

评委甲:小孩发明的?

评委乙:棒棒糖小孩?

【赵西北在大家的注目下,离开舞台。

B.学校戏剧社

【大家看赵西北走下舞台。

踏踏刘:呵呵呵……这个尼小巴,居然是你变小的爸爸!

苹果梨:(一踩踏踏刘的脚)你还提!

踏踏刘:(意识到)这个……太过分了……

【琪琪沉默。

琪琪:(一拍桌子)没错!太过分了!演技那么好,害得我都没发现!

【所有人吃惊,继而开心地笑。

踏踏刘:就是啊,不过他在那儿没领奖,回头我们这儿给他颁一个!

所有人:同意!

麻老师:我来做奖杯!

【所有人哈哈大笑。

111.发明大赛评委会办公室　日　内

【一堆吃棒棒糖的小孩的照片"啪啪"地出现在屏幕上,评委会的几个专家对着照片愁容满面。

112.学校走廊　日　内

【猫儿没戴厚镜片,见到叮咚,表情超级夸张地打招呼。

猫儿：早上好叮咚！

叮咚：（不可思议地揉眼睛）刚才那是猫儿吗……（举起个小喇叭）超级大八卦！

113.学校戏剧社　日　内

【麻老师推着一个和人等高的小金人上，尼小巴从小金人里面蹦出来。

除琪琪外所有人：（欢呼）影帝、影帝、影帝！

【琪琪不好意思地笑了。

尼小巴：你好啊琪琪，不想跟我打个招呼吗？

琪琪：（试探性地）老爸？哈哈哈哈……对不起，我叫不出口！小巴同学，你好！

END

片尾彩蛋：

114.学校办公室　夜　内

【金老师加班结束，拿起包，一边低头在包里搜着什么，一边关上门。

115.某有路灯小路　夜　外

【金老师还是低头在包里搜着什么，经过一盏路灯,镜头渐渐从金老师身上到地上的影子。

【金老师的影子随着往前走,越来越矮。

【金老师走过路灯,一个喷嚏声,影子却没有再变长,而是一直是矮的。

【影子从包里掏出一个很大的棒棒糖,满足地舔了一口。

谨以此剧献给爱我们的父母以及我们身边那些老成而神秘的同学们。

123

《我的嘟卡弟弟》剧照　　/摄影

《我的嘟卡弟弟》剧照　　/摄影

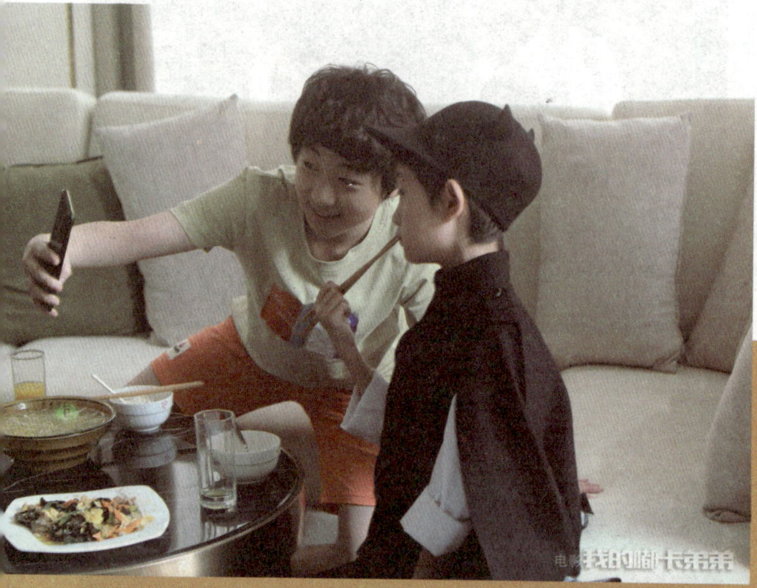

《我的嘟卡弟弟》剧照　　/摄影

【儿童电影】

我的嘟卡弟弟

My Duka brother

潘思齐 著

1.游乐场旋转木马　夜　外

【故事从男孩翼翼的梦境开始。一个五光十色的旋转木马,翼翼与妈妈张小雨、爸爸马千军骑在木马上,一家三口的笑脸在五彩灯光的映衬下显得格外幸福。

【渐渐地,画面开始变得虚幻、模糊,就在旋转木马又转了一圈后,张小雨怀里忽然多了个五岁小男孩。

【男孩开心地咯咯笑着,而翼翼却不知何时从旋转木马上下来,变成在一旁旁观的角色,他莫名其妙地看着那"一家三口"幸福地继续骑木马。

翼翼:爸爸,妈妈?

【三人压根不理翼翼,还是夸张幸福地笑着,笑声甚至有些扭曲狰狞。

【忽然,张小雨怀里的小男孩哭闹起来,张小雨急忙赔着笑脸哄着。

张小雨:好好好,我们不骑木马不骑木马,宝贝儿骑哥哥!

【与此同时,翼翼忽然感觉背后被重物击中,一瞬间失去重心趴在地上。

【张小雨抱着小男孩,一把将他放在翼翼背上,翼翼被压得喘不过气。

张小雨:来,宝贝儿骑大马!

【翼翼使劲挣扎,却发现怎么也起不来,翼翼急得大吼。

翼翼:你们要干吗!

【小男孩还在哭闹,而此时马千军手里凭空多出了一条皮鞭,马千军弯着腰,极其谄媚地将皮鞭递给小男孩。

马千军:宝贝儿用小鞭子。

【五岁小男孩看到皮鞭,这才破涕为笑,一把接过鞭子。马千军夫妇开心地鼓起掌来。

马千军、张小雨:(一边有节奏地鼓掌)骑哥哥、骑哥哥!

【翼翼艰难地回头看身上的小男孩,他正得意地举起鞭子。

翼翼:(呼喊)你住手!

【可皮鞭不顾翼翼的叫喊,无情地挥舞了下来,马千军夫妇、小男孩高兴大笑。

翼翼:(痛苦地)啊——

2.翼翼卧室　夜　内

【翼翼"啊——"一声从床上惊醒坐起,满头大汗,大口大口喘气。

【成年翼翼的旁白画外音响起。

成年翼翼 OS:这就是我童年经常会做的一个梦,当然,也不是每次都是骑大马,还有……放风筝。

【画面伴随着成年翼翼的讲述,变成动画风格,一本大书一页一页快速翻开,里面的人物都以卡通形象出现。

【立体绘本式翻页动画】

【卡通马千军夫妇和五岁小男孩一起在草坪上放风筝,顺着风筝线往上看,卡通翼翼像风筝一样被绑起来在天空飞。

成年翼翼 OS:养宠物。

【随着成年翼翼讲述,大书翻页,在这一页中,卡通翼翼像小狗一样趴在一个小碗前吃东西,而另一边,卡通小男孩与马千军夫妇则笑容满面地吃大餐。

成年翼翼 OS:玩游戏。

【大书又翻页,这一页中,卡通马千军夫妇、小男孩蒙眼举着飞镖就要射击,而另一边,卡通翼翼头上顶着苹果,可怜兮兮地站在一个大靶子前,靶子周围插满了飞镖。

成年翼翼 OS:去爬山。

【大书翻页,这一页中,卡通马千军夫妇抱着小男孩,随着他们后面的山路往下看,卡通翼翼被全家堆在一起的夸张行李压得直不起腰。

成年翼翼 OS:这一切,应该源于我的姑姑马哈哈……

【插入蒙太奇画面,马哈哈在不同状态、不同地方笑嘻嘻地对翼翼各种开玩笑说"你爸妈再生个小弟弟就不要你了"。

【画面回到翼翼卧室,翼翼忍受不了这一切的回忆和想象,在床上"啊"的一声,猛地捂上了耳朵。

3.学校走廊　日　内

【翼翼背着书包,黑着脸,逆着放学的人流,冷酷地走在走廊里。

【忽然,同学笑笑拦住了翼翼。

笑笑:翼翼,自从你担任了"《黑暗骑士》爱好者"协会会长后,我们什么事儿都没干。

翼翼:"黑暗骑士"是什么的化身?孤独!我们协会要干的事儿就是——哪凉快去哪。

笑笑:我不服,我要做会长。

【翼翼冷笑一声。

笑笑:我比你更孤独。

【翼翼从书包里掏出一件有黑帽的黑色斗篷披风。

翼翼:你有黑暗骑士同款的孤独披风吗?

【翼翼把披风上的黑色长檐帽子扣在脑袋上。

翼翼:你拿什么和我比?

笑笑:我妈准备要二胎了。

翼翼:所以呢?

笑笑:一旦我弟弟出生了,他就会睡在我屋。

翼翼:那你就更不具备孤独的条件。

笑笑:慢慢地我妈妈会喜欢他不喜欢我,一旦有错也会先说我,再到最后,我爸妈会把我抛弃。我连爸爸妈妈都没有了,谁能比我更孤独?

翼翼:也许你爸爸妈妈不会抛弃你,会留着你,让你给弟弟当马骑。想想吧,永远都会有一个小孩骑在你头上,用鞭子抽打你的屁股!

笑笑:不要……我不要!

【笑笑好像受到了一万点伤害,泪奔跑开。
【翼翼得意地摘下披风,却忽然想起自己做的那个梦。

【闪回场一梦境,小男孩对着翼翼挥鞭子。

【翼翼不自觉打了个冷战,但还是故作潇洒地把披风甩在肩上,继续逆着人流往前走去。
【此时,成年翼翼的旁白又响起。
成年翼翼OS:虽然我的爸妈那时也想要二胎,但我绝对不会让那样的噩梦成真的,于是他们开始给我普及"亲情的重要性"。

【插入蒙太奇画面。

A.马千军家客厅 日 内
【马千军对翼翼说着亲情的可贵。
马千军:亲情,是最无私的。
【一旁的马哈哈忽然拿起沙发上的"古代皇帝坐垫"抱在怀里。
马哈哈:弟,这个垫,借用几天!
马千军:(一把抢回)这是朕为了演皇上找感觉的御垫,这不能给你……

马哈哈：(又抢回抱在怀里)弟啊,别小气,亲情,是最无私的!

【马千军眼睁睁地看着马哈哈拿走坐垫没办法,翼翼斜眼瞟马千军。

B.马千军家厨房　日　内
【张小雨边做饭边给翼翼普及亲情。

张小雨：(举起一瓶酱油要往里倒)亲情,是最可贵的。

【马哈哈不知从哪蹿出,一把夺过酱油瓶。

马哈哈：我家酱油刚好用完了。

张小雨：(一脸不愿意)姐,我们家也没多的一瓶……

马哈哈：酱油又没几个钱!亲情,是最可贵的。

【张小雨尴尬地笑,翼翼斜眼看张小雨。

【画面回到学校走廊,翼翼继续逆着人流往前走。成年翼翼的画外音又响起。

成年翼翼OS：在意识到了语言的贫乏无力之后,他们希望通过更直接、更具体的一些措施,让我全面感受到兄弟姐妹间的亲情,所以他们想出了一个新的办法——"二胎模拟"生活!

4.马千军家客厅　日　内

【翼翼看着站在自己面前的男孩A。

翼翼:你是我爸爸剧组导演的儿子?

男孩A:(乖巧地)嗯。

翼翼:那我把我的短裤借给你穿吧。

男孩A:谢谢哥哥!

【张小雨见状激动不已,跑过去亲翼翼。

张小雨:哇,宝贝儿真乖,都学会分享了!

翼翼:(阻止妈妈)男女授受——不能亲!

张小雨:哦,我的宝贝儿真可爱!

【张小雨亲了翼翼。

马千军:朕深感欣慰啊!

张小雨:皇上还演上瘾了!(拉过马千军)走,我们应该给两个宝贝儿多一些的私人空间。

【张小雨拉着马千军去房间。

【男孩A高兴地穿短裤,没料到短裤的右边裤脚早就被翼翼封上了,男孩A一穿,根本没法把脚伸出去,因重心不稳在地上跳来跳去。男孩A想抓住旁边的桌角,哪承想桌角居然也被设置了机关,忽然往下掉落,而桌角上正有一条线连着高处柜子上的蛋糕,蛋糕掉落,直接砸在孩子头上。孩子尖叫。

【马千军和张小雨听见声响急忙冲出来。

张小雨:啊! 什么情况?

【男孩A满脸糊着蛋糕大哭着跑了出去。
【马千军捂住了眼睛。
马千军：朕的导演，可能会废了朕……
【翼翼得意地回自己卧室。

5.系列蒙太奇

A.游泳池　日　外

【穿着泳裤的翼翼给浑身湿漉漉的男孩B递过去毛巾，男孩B一擦身子，全部染上了红色，男孩B大哭。

B.儿童活动中心　日　内

【男孩C正朝翼翼兴高采烈地跑过来，翼翼把活动中心里装着彩色泡泡球的框子打翻，男孩C摔倒在一堆泡泡球里，大哭。

C.公园　日　外

【女孩B举着一个气球，翼翼忽然用针将气球戳破，里面的塑料蜘蛛掉到女孩头上，女孩B大哭。

【一组快速穿插剪辑的"各种孩子大哭"的镜头和"马千军各种捂眼睛，张小雨各种尖叫"的画面。

6.街道　日　外

　　【马千军夫妇沮丧地走在路上。

　　【张小雨接着电话,点头哈腰地给人赔不是。

　　张小雨:对不起,对不起……都怪我们没照顾好孩子……

　　【电话被对方"砰"地挂掉。

　　马千军:哎,再这么下去,朕真要成孤家寡人了。

　　张小雨:可不是,你导演的儿子、我同事的闺女,还有你堂弟家的、我表哥家的、你三叔闺女朋友的孩子、我二姨夫妹妹邻居家的孩子……

　　马千军:统统阵亡了……

　　张小雨:太背了,上哪再去借孩子啊?

　　【忽然,"充话费,送孩子,满388,送孩子一个"的喇叭声响起。

　　【俩人猛一抬头,发现一家杂货店门口挂着个大招牌,"充话费,送孩子"。

　　张小雨:送孩子!

　　马千军:此事当真?

7.杂货店　日　内

　　【张小雨兴奋地付了钱,马千军夫妇期待地等待着一脸横肉的老板给孩子。

　　【老板"啪"地在柜台上拍下个洋娃娃。

张小雨:这就是孩子?

老板:(一瞪眼)还想怎样,难不成给你我家孩子?

【一个很胖很凶的小男孩和老板表情十分一致地瞪着马千军夫妇,马千军夫妇吓得一个激灵,马千军急忙拉着张小雨离开。

8.街道　日　外

【马千军拉张小雨走出杂货铺,张小雨惊魂未定。

马千军:没辙了,要不,咱调出大内高手吧,她只要有吃的,怎么都不哭!

张小雨:哎,那是大内吃手……

9.马千军家客厅　日　内

【大妞吃着手,对面的冰箱已彻底空了,她抓了冰箱壁上结冻的霜往嘴里塞,然后一个一个嘬指头。而马哈哈则高兴地坐在沙发上看电视,不时发出大笑声。

大妞:(嘬着手)舅舅、舅妈,还有吃的吗?

【马千军夫妇站在大妞身后惊得目瞪口呆,回忆几分钟前冰箱里还满满当当的样子,插入冰箱被装满的样子和现在空了的对比镜头。

【马哈哈高兴地笑。

马哈哈:我家大妞就是不挑食,瞧瞧,连霜都吃得干干净净了。

马千军:把、把这熊孩子给我拖下去!

马哈哈:哟,弟,咋了?

张小雨:(掩饰)啊啊,没事,他最近演个皇上,不过刚被换角了。

马哈哈:换角了?(一撸袖子)谁瞧不上我弟啊?我揍他!

张小雨:因为得罪了导演家的孩子。

马千军:(尴尬)这,说来话长,姐,要不,我先送你回去?

【马千军夫妇送马哈哈出门,马哈哈随手拿起张小雨挂在门口的一件外套。

马哈哈:哎,弟妹啊,你这外套穿着太大了吧?

【马哈哈随手穿在了自己的身上。

马哈哈:哈哈哈,我穿着正合身。

【张小雨和马千军不舍地看着衣服。

张小雨:我……

马哈哈:借我几天吧!我借你孩子,你借我衣服嘛!

【马哈哈"哈哈"笑着出门,马千军夫妇只好赔着笑送马哈哈出门。

【这时候翼翼从卧室出来,大妞嗫着手问翼翼。

大妞：还有吃的吗？

翼翼：（指着机关桌角）你往这儿一按，吃的自然就来了。

【大妞不假思索地迅速一按，蛋糕掉下扣到大妞头上。

【翼翼乐得捧腹大笑，没想到大妞一脸淡定，拿下蛋糕就开始吃。

【翼翼呆住。

大妞：（边吃）还有吗？

【翼翼递过去一个气球。

大妞：干吗？

翼翼：你拿着也能有吃的。

【大妞一把抢过。

【翼翼用针往气球上一扎，里面的蜘蛛落到大妞头上。

【大妞一把抓过蜘蛛就要塞进嘴里吃。

【翼翼对大妞的行为目瞪口呆。此时马千军夫妇刚送完马哈哈回来，见状急忙高呼。

马千军夫妇：那、不、能、吃！

10.马千军家客卧　夜　内

【翼翼给大妞放下一大包巨型零食。

【大妞喜笑颜开地拆开一包就猛往嘴里倒，翼翼出门的时候狡黠一笑。

翼翼:(得意地学着广告语自语)好吃你就多吃点——

11.马千军家卧室外走廊　夜　内

【大姐因为吃多了,捂着滚圆的肚子从客卧冲出,去拉厕所的门把手,却发现怎么都无法打开。

【翼翼从屋里探头出来。

翼翼:友情提醒,家门口左转十米有一个洗手间。

大姐:你不早说!

【大姐急忙跳着脚就往外冲。

【翼翼得意地把厕所的门把手卸下来,原来这是粘着的假门把手,其实这个门是个没有把手的横向拉门。

【翼翼轻松地横向拉开了厕所门。

12.马千军家客厅　夜　内

【大姐跑到客厅门口穿上鞋,却发现两只鞋带被绑到了一起。

大姐:这,什么情况?!

【大姐越解越乱,翼翼突然在走廊转角探出头。

翼翼:嗨,跳着出去更炫酷。

【大妞没办法,只能按翼翼说的,双腿并拢跳着出门。

13.马千军家卧室外走廊至翼翼卧室　夜　内
　　【翼翼从走廊跑回到自己卧室,趴在窗户上。
　　翼翼:(往楼下大喊)对了,我说错了,洗手间不是十米,是一千米!

14.马千军家小区　夜　外
　　【大妞听见翼翼的话,跌倒。
　　大妞:(大哭)妈呀——

15.马千军家客厅至家外走廊　夜　内
　　【马哈哈正在拳脚相加地揍穿着睡衣的马千军。
　　马哈哈:弟,我跟你说,我家大妞多么省心的一个孩子,从小到大没哭过鼻子……
　　马千军:哎哟!姐饶命啊!姐……
　　【另一边,张小雨给挂着眼泪的大妞刚换好裤子,一手拎着那条沾满粪便的裤子,一手捏着鼻子,将裤子丢进垃圾桶。
　　【马哈哈一把拎过大妞。
　　马哈哈:大妞,走,咱不跟你舅玩了!
　　张小雨:不是,姐……

【马哈哈拎着大妞到门口,还不忘捎走鞋柜上一个小摆件,然后"砰"地一摔门,出去了。

【马千军揉着被打痛的腰和张小雨疲惫地坐到沙发上。

马千军:哎,都没一个孩子能在咱家平安待过一整天,万一真的生出来……

张小雨:嗯,不能为了再要一个宝宝,让翼翼觉得不情不愿,真要是这样,我宁愿不要。

【翼翼躲在走廊角落偷看。

【马千军站起,宣示状。

马千军:嗯!朕,虽然被罢免了,但朕即刻就立我们的翼翼为唯一孩子,咱们就,不要……

【翼翼见状以为胜利在望,正要做庆祝手势。

【忽然,屋里毫无征兆地停电了,翼翼"啊"地叫了一声。马千军夫妇这才发现躲在角落的翼翼。

马千军夫妇:翼翼?

翼翼:啊……我……

【此时的屋里只有从窗户透进来的一些月光。翼翼不知怎么回答,正尴尬着,忽然,门外响起三下敲门声。

翼翼:(掩饰)有人敲门?

【翼翼为了掩饰尴尬急忙跑去开门,可门外根本就没人。

翼翼：谁啊？

【马千军夫妇的注意力也从翼翼身上转移到这诡异的敲门声上，他们也走到门口张望，翼翼上前一步，左右看看走廊，还是没人。

翼翼：奇怪……

【翼翼正要关门，忽然，从门上方倒挂下一个穿着和翼翼同款"黑暗骑士披风"的男孩，男孩斗篷上的黑色长檐帽子戴在头上。

黑帽男孩：哥哥好！

【翼翼被忽然出现的男孩吓倒，惊讶地张开嘴巴，马千军夫妇也"啊——"的一声尖叫。

【黑帽男孩灵活地从顶上跳下来，站到了三人面前。

黑帽男孩：爸爸妈妈好！

马千军夫妇、翼翼：(异口同声)你是谁？！

【出片名《我的嘟卡弟弟》

16.立体绘本式翻页动画

【伴随着成年翼翼的旁白画外音，一本动画大书一页一页快速翻开，一页一页都是卡通翼翼捉弄卡通嘟卡反捉弄到了自己的画面。

【卡通翼翼按着卡通嘟卡去碰"机关桌角"。

成年翼翼OS:于是,这个躲过了我的蛋糕机关……

【翻页,卡通翼翼头上顶着蛋糕,卡通嘟卡在一旁嘲笑。

成年翼翼OS:蜘蛛计策……

【翻页,卡通嘟卡手里拿着蜘蛛高兴地笑。

成年翼翼OS:泡泡球攻略……

【翻页,卡通翼翼自己摔倒在泡泡球堆里,卡通嘟卡在扶卡通翼翼。

成年翼翼OS:名叫"嘟卡"的奇怪男孩,和我开始了一段——奇妙的故事。

17.学校走廊　日　内

【戴着黑帽斗篷的嘟卡跟在穿着黑帽斗篷的翼翼身后,逆着人流走着。俩人的装束几乎一模一样,所有人对此指指点点。翼翼生气地回头瞪眼看嘟卡。

翼翼:你别跟着我!

嘟卡:你是我哥哥呀!(得意地拍手)嘟卡!

【翼翼没办法,只能懒得搭理这个跟屁虫,继续往前走。嘟卡也紧紧跟随。

【翼翼的同学笑笑迎面走过来,看到俩人的样子忍俊不禁。

笑笑:哈哈哈,翼翼,你这样的孤独形式,让我费解啊。

【翼翼生气,但不好发作,冲身后的嘟卡使劲努嘴巴。

翼翼:(小声)你给我脱掉!

嘟卡:不行的,哥哥,这衣服我可绝对绝对不能脱。

【翼翼无奈,生气地一把脱掉自己的黑帽斗篷。

笑笑:(得意极了)从此,孤独的道路上又少了一个对手。

【笑笑得意地长笑着离开。

【翼翼生气地往前走,嘟卡又急忙跟上。

【行走的过程中,成年翼翼的画外音响起。

成年翼翼OS:嘟卡宣称,他就是那个"充话费送孩子"里的孩子,之前那个布娃娃,完全是黑心老板私自扣下了自己。对于这个说辞,爸爸妈妈居然只打了一个确认电话就轻易相信——当然,这个电话还是嘟卡提供的。

18.马千军家客厅　夜　内

【闪回,张小雨拿着"充话费送孩子"的宣传单打电话。

【马千军、翼翼紧张地趴在旁边听电话,嘟卡自信地站在一旁。

张小雨:是吗? 充话费真的送孩子啊?

甜美女声OS:没错,这是我们通信公司和电视台推出的一档"模拟二胎"真人秀节目,我们将孩子送到你们家"暂时居住生活"。你们可要多录一些视频,到时候我们会挑选优秀家庭在节目中播出哦!

【电话被挂断,发出"嘟嘟"的忙音。

【马千军和张小雨激动拥抱。

张小雨:这家公司居然和我们的想法一模一样!

马千军:我还可以当导演拍视频了!

【马千军赶紧去柜子里拿出小DV,按下录制键。

马千军:就凭咱们"演艺之家"的实力——我是演员,你是主持人,肯定能入选播出视频啊!

张小雨:(对翼翼)翼翼宝贝,来,先跟镜头打个招呼。

翼翼:(对镜头)我、不、信!

【翼翼跑开。马千军手持摄影机跟着跑了出去。

马千军:唉唉,等等我。

19.交通岗亭　夜　外

【闪回,翼翼摇晃一个正在指挥交通的交警。

翼翼:警察叔叔,我家来了个小孩,说是充话费送的,您一定要帮我抓走他!

交警:(开玩笑)小朋友,我家孩子也是充话费送的啊!

　　翼翼:啊?

　　交警:你不知道吗?所有的小朋友都是充话费送的!

　　【翼翼目瞪口呆。

　　【马千军举着DV跟着跑了上来,镜头正好对着翼翼的脸。

　　马千军:儿子,你比爸还上镜啊!

20.学校走廊　日　内

　　【画面回到学校走廊,翼翼和嘟卡继续往前走。

　　成年翼翼OS:看来,嘟卡的入侵已成既定事实,爸爸妈妈高兴坏了,因为难得有一个孩子能跟我相处超过12小时,但是我,必须要赶走他!

21.马千军家客厅　日　内

　　【马千军像"琼瑶剧"里的男主角一样深情而夸张地念台词。

　　马千军:哦,我真的真的很爱你,对不起,请原谅我的自私、我的自私的爱!

　　【张小雨在拖地。

　　张小雨:又接新角色了?

　　马千军:(保持着深情并得意地)男一!

张小雨:(举起拖把质问)这么言情,有没有吻戏?

马千军:(痛苦夸张地拍着胸口)哦,你,难道不信任我? 在这个世界上,我只想与你——亲亲!

张小雨:哦,我的千军!

马千军:哦,我的小雨!

【马千军正要甩开拖把亲小雨,忽然,马哈哈闯了进来,拿走了张小雨的拖把。

张小雨:(急忙掩饰)呃,千军啊,也不知道两个孩子在学校相处得怎么样?

马哈哈:借用一下——

【马哈哈出门。

【张小雨和马千军早已习惯,只是无奈地耸耸肩摇摇头。因为张小雨手里没有了拖把,马千军一把搂过了张小雨。

马千军:(对张小雨深情地)孩子们一定与我们一样,和谐、融洽、形影不离。

【马千军和张小雨拥抱在一起。

22.系列蒙太奇

【学校,一组翼翼走到哪,嘟卡就跟到哪的画面。

【翼翼怎么也甩不掉这个跟屁虫,简直要抓狂。

翼翼:你别跟着我!

23.学校办公室　日　内

【翼翼找到正在整理发型的方老师,嘟卡还是跟在后面。

翼翼:方老师,他才8岁,和我们一起上课您觉得合适吗?

老师:(笑眯眯地)他通过了考试呀。

嘟卡:(得意地拍手)嘟卡!

翼翼:(惊讶地看嘟卡)你怎么可能会?

嘟咔:方老师,So easy!

【嘟卡和方老师击掌。

【翼翼生气地一扭头离开,嘟卡赶紧跟上。

24.学校厕所　日　内

【翼翼走进厕所,嘟卡立刻跟进。

翼翼:你连上厕所都要跟着我吗?

嘟卡:你是我哥哥呀!

翼翼:那你也得上厕所。

嘟卡:(得意地拍手)嘟卡!

【嘟卡走进厕所里一个小隔间关上门。

【翼翼一个坏笑,掏出强力胶将厕所门封上。

【翼翼得意地笑。

【翼翼想象画面,嘟卡在里面急得敲门,急哭了。

翼翼 OS:哈哈哈,看你还怎么跟着我!

【翼翼做完这一切,得意地走出厕所正要离开。
【嘟卡忽然跑过来,一边提着裤子一边大声嚷嚷。
嘟卡:哥哥,哥哥,你等等我。
翼翼:(吃惊)你、你……
【翼翼回头看了看已经被打开的厕所小门,生气地继续往前走。

25.学校花园　日　外
【翼翼和嘟卡走到学校花园,翼翼指着一棵小树。
翼翼:喂,走累了吧? 靠在树上歇一会吧!
【嘟卡忽然冷不丁地把翼翼按到小树上。
嘟卡:哥哥你也走累了,你休息!
【翼翼没料到嘟卡的举动,就直接被他按在了树上,翼翼表情十分尴尬。
嘟卡:哥哥你怎么了?
翼翼:没、没怎么……
嘟卡:那我们接下来去哪呀?
【翼翼尴尬地扭了扭身体,发现自己根本没办法挪动。
翼翼:呃……(模拟"一休哥")休息、休息一会儿……

26.学校空镜　日　外

【镜头从上一场花园里开始往上摇,原本小树所在的位置变成了一个空了的树坑。镜头再遥至整个学校的教学楼。

【学校广播响起。

广播 OS:五年级一班,马翼翼同学,严重破坏学校花花草草,扣班级分 5 分!

27.学校大门　昏　外

【放学时间,学校大门里涌出一批背着书包的孩子,纷纷被各自的家长领走。马千军举着个手持摄影机和张小雨在校门口等待着翼翼和嘟卡。

【接上了大妞的马哈哈一手拿过了马千军的摄影机。

马哈哈:弟,这个不错啊!

马千军:(用琼瑶剧男主角夸张的腔调悲切地)姐姐,这绝对绝对不可以给你,它是我们"一家四口美好的见证,幸福的见证"……

大妞:(一边吃东西)妈妈,今天有"精彩画面",一会儿,他们还用得着这个呢!

【马千军顺势急忙拿回摄影机,马哈哈转头看张小雨的丝巾。

马哈哈:那弟妹,这个借我几天吧!

【张小雨看看马千军手里的摄影机,无奈地解下了丝巾。

【马哈哈一把拿过,高兴地围在了自己的脖子上。

马哈哈:我就一直跟大姐说啊,亲人就是亲人,什么好的都是一起分享!

【张小雨尴尬地呵呵笑。

马哈哈:(对大妞)说谢谢舅妈!

大妞:谢谢舅妈!

【马哈哈母女兴高采烈地离开。

马千军:("琼瑶剧"式深情地对张小雨)委屈你了,我的爱。

张小雨:要不是看在你姐以前照顾我啊,我可跟她急!

马千军:(深情地)我的爱,你是世上最好的人儿。

【这时候,学校门口的家长都已经接上孩子离开,但是仍然不见翼翼和嘟卡出来。

张小雨:别言情剧了,怎么孩子都放学了,还不见翼翼和嘟卡出来啊?

马千军:莫不是,莫不是……

【忽然,嘟卡还是标准的灿烂笑容出现在校门口。

张小雨:你看你看,出来了!赶紧开机,赶紧开机!

【马千军急忙按下开机键,同张小雨一起迎了上去。

马千军:(深情地)哦……

嘟卡:(兴高采烈地对着镜头)爸爸妈妈,我们放学了!

张小雨:(也对着镜头)我的宝贝们,有没有想妈妈?

嘟卡:想!

【嘟卡扑过去和张小雨亲亲,马千军看着幸福的画面。

马千军:(深情而感慨地)果然是和谐、融洽、形影不离。

【忽然,马千军的镜头里出现了一个背着一棵树的奇怪的人。

马千军:世上,竟有与树形影不离之人!

【马千军、张小雨急忙向那个人看去,却发现那个人正是一脸沮丧的翼翼,他的背上背着一棵被连根拔起的树。

马千军夫妇:(惊讶)翼翼!

28.翼翼卧室　夜　内

【翼翼生气地躺在床上,一旁的小床上,嘟卡侧着脸熟睡,还是穿着那件斗篷,长长的帽檐扣在脸上。

翼翼 OS:奇怪……这个嘟卡太奇怪了!睡觉还穿着斗篷,而且,为什么他总能避过我布置的机关?还有那个厕所门,明明粘上了胶,他是怎么出来的?奇怪,太奇怪……但是,"黑暗骑士"怎么会妥协呢?哼,嘟卡,你完蛋了!

【翼翼撕下床边的一页日历,第二页日历显示:2016 年 5 月 27 日,星期六,下面还写着"快来把不用的衣服捐给山区的小朋友"的提示和一个电话号码。

【翼翼拿起日历本,凝视最后这行字,忽然有了一个主意。

29.马千军家客厅　日　内

【第二天白天,翼翼在客厅柜子前打电话。

翼翼:喂,您好,我有一衣柜的东西要捐,包括一个衣柜,对,衣柜也要捐。

30.运输中心　日　外

【运输中心,一辆大吊车吊起一个安着大锁的柜子,吊车将柜子吊上箱车。

【翼翼把柜子的钥匙交给司机。

翼翼:叔叔,这是锁的钥匙,一定要到目的地,让山区的小朋友打开。

司机:好嘞!

【司机将车厢的门关上,上车发动汽车,从车窗探出头对着翼翼喊话。

司机:小帅哥,这可就真捐了?

翼翼:嗯!叔叔再见!

司机:真不用让爸爸妈妈来决定?

翼翼:不用,这是我爸爸妈妈让我捐的。

司机:哟,小大人啊!再见!

【汽车开动,开出了运输中心。翼翼目送汽车离开,对着汽车挥手再见。

翼翼:嘟卡弟弟,再见喽,在大山里玩得愉快!

【翼翼得意地往回走,他不禁回忆起这整个计划中自己精彩的设计。

31.马千军家客厅　日　内

【闪回,翼翼给大柜子内侧装上隔音板,然后钻进衣柜持续大叫,当翼翼进入柜子并从内侧关上门,叫声消失了,他一打开柜门叫声又出现了。柜子的隔音效果被翼翼处理得非常成功。

【翼翼满意地看着自己的成果。

翼翼:完美!

【翼翼看了看柜子,在衣柜里放了几袋面包,又拿出来放在了餐桌上。

翼翼:(自语)等会,现在先放一些衣服做掩饰。一会儿,我就跟嘟卡说我们玩躲猫猫……哈哈!

【翼翼在柜子里挂衣服。

32.马千军家小区　日　外

【画面回到翼翼得意地走着,此时翼翼已经从运输中心走回到了自家小区。

33.马千军家客厅　日　内

【翼翼走进家门,忽然看到桌上放着的面包。他忽然想起,自己装完衣服忘了把面包放进去。

翼翼 OS:面包!我忘了放面包!

【翼翼急忙拨打电话,电话没打通。

【翼翼一把抓起桌上的面包,冲出门外。

34.街道　日　外

【翼翼着急地捏着面包跑着。

35.运输中心服务台　日　内

【翼翼跑到服务台,气喘吁吁地问工作人员。

翼翼:(有点语无伦次)阿姨,我要联系一辆车……有一个柜子,一定要赶紧打开!

翼翼 OS:不然嘟卡真的要完蛋了……

【工作人员笑眯眯地看着翼翼,以为是恶作剧。

工作人员:小朋友,那你知道车牌号吗?

翼翼:车牌号?

工作人员:很抱歉,没有车牌号我们没法帮您联系上司机师傅的呢。

【翼翼沮丧地站在柜台前不知道怎么办。

【一会儿,翼翼纠结地拿出了手机决定跟父母坦白。

【翼翼拨打张小雨号码。

36.栏目录制现场　日　内

【栏目录制现场,张小雨作为一位婴幼儿节目主持人,正一边给小婴儿的屁屁擦爽身粉,一边对着镜头说台词。

张小雨:擦完爽身粉,就可以亲亲我们宝贝的小屁屁啦!

【张小雨亲婴儿屁股。

栏目导演:咔! 好,准备下一期。

【马哈哈从一旁忽然窜过来。

栏目导演:(习惯地)又来了?

【张小雨尴尬地笑笑。

【马哈哈拿走了那盒爽身粉,离开。

【所有剧组人员看了她一眼,见怪不怪地各忙各的,也根本没有人搭理。

【张小雨忽然感觉到兜里的电话震动,接起电话。

张小雨:喂,我的宝贝翼翼,想妈妈了?

翼翼 OS:妈妈,我……

张小雨:(高兴)快说想妈妈了。

37.运输中心服务台　日　内

【画面切到翼翼这一边,翼翼吞吞吐吐纠结着不知怎么向妈妈坦白。

翼翼:我、我……

【忽然,一只手拍了拍翼翼的肩膀,翼翼猛地转身,却惊讶地发现站在面前的正是嘟卡。

翼翼:你! 你怎么……

嘟卡:(得意地拍手)嘟卡! 躲猫猫胜利! 哥哥,你可没找到我哦!

【另一边,张小雨的声音在电话里传出。

张小雨 OS:宝贝儿找妈妈有事吗?

翼翼:(急忙对电话说)啊,没事……

张小雨 OS:那妈妈亲亲,么么……

【还没等张小雨说完,翼翼就挂断了电话。

38.栏目录制现场　日　内

【张小雨还对着手机亲,手机却响起被挂断的忙音。

张小雨：么……

【张小雨有些莫名其妙，挂断了电话。

39.马千军家客厅　夜　内

【翼翼穿着一件黄色的衣服，从卧室方向来到客厅，他将沙发的坐垫摆好。

翼翼OS：太奇怪了，太奇怪了，这些事情，简直没法解释！难道他是……

【插入翼翼想象画面，嘟卡穿着外星人的服装推门而入，对着镜头邪恶地笑。

嘟卡：哈哈哈，我就是来毁灭地球的！

【翼翼甩甩头，又去检查已经提前被改装过的吸尘器。

翼翼OS：不管你是谁，今天，我定要拆穿你的真面目！

【嘟卡从卧室方向出。

嘟卡：（亲切地）哥哥！

翼翼：（突然举起吸尘器）喂，我们玩个游戏吧！

嘟卡：好呀好呀！我最喜欢玩游戏了！（得意地拍手）嘟卡！

【翼翼按下开关,吸尘器里喷出了各种水果。

【嘟卡拿起一旁的平底锅开始抵抗,所有水果都被击回,好些都砸到了翼翼身上,翼翼四处乱窜。

翼翼:(边躲边高呼)爸爸妈妈,你们快来看,一个小孩居然可以接住所有的水果!

【嘟卡依然玩得不亦乐乎,翼翼被一个水果砸中,一不小心跌到了沙发上,整个人掉进自己事先挖好的大坑里,里面全是番茄酱。

【马千军手持摄影机兴冲冲地和张小雨一起出来,却正好拍到这一幕。

张小雨:啊!

马千军:这是怎么回事?

【翼翼狼狈地从番茄酱里面站起来。

嘟卡:(拍手)嘟卡! 哥哥变成了大薯条!

40.马千军家厕所　夜　内

【马千军给翼翼洗澡。

翼翼:爸爸,有一件事情,你一定要相信我。

马千军:嗯,爸爸相信你!

翼翼:你先听我说。

马千军:(很认真地停下手里的动作)嗯!

翼翼:我知道,这件事情很难让人相信,但我是真的觉得,嘟卡真的是——外星人,不然,他不可能接住我发射过去的所有水果!

【翼翼看着马千军的表情,马千军保持严肃的表情好几秒。

翼翼:爸爸。

马千军:(严肃地)嗯,爸爸相信你。

翼翼:(欣喜地)爸爸,你真的相信我?

马千军:嗯,爸爸今天刚接了一个外星人的片子,(比画手势)我代表地球,消灭你!

翼翼:(沮丧地)爸爸——

41.马千军家卧室外走廊　夜　内

【洗完澡的翼翼穿着睡衣从厕所出来往卧室方向走去。

42.翼翼卧室　夜　内

【翼翼推门进卧室,忽然看到坐在床上的嘟卡正面对着一个"虚拟的屏幕"操作着手指,屏幕里,播放的是之前翼翼想要捉弄嘟卡,一个人在客厅对着沙发倒番茄酱的画面。

【翼翼惊讶地差点叫出声音,一下子捂住了自己的嘴巴。这时候嘟卡回头看到翼翼,画面顿时消失了。

嘟卡:(高兴地)哥哥!

翼翼:(惊恐)你……你真的是外星人对吗?

嘟卡:(一脸纯真)我是嘟卡!

【翼翼害怕地急忙跑开。

43.马千军家卧室外走廊　夜　内
【翼翼冲出自己的房间,跑过走廊敲爸妈房间的门。

翼翼:(一边拍门)快开门,他真的是外星人!他的手指可以放电影!

【嘟卡从翼翼卧室也跟了出来,往爸妈房间走来。翼翼见状很是害怕。

翼翼:(对嘟卡)你别过来,你别过来!

嘟卡:哥哥!

【翼翼还是猛烈地敲门。

【房门打开,张小雨出来。

张小雨:宝贝儿怎么了?

【翼翼一把拉起张小雨的手就要跑。

翼翼:(指着嘟卡)他、他真的是外星人,快跑!

【张小雨被翼翼弄得莫名其妙,这时马千军正从厕所拎着毛巾出来。

马千军:外星人?(用毛巾摆造型)哈!我代表地球,消灭你!

嘟卡:(做出受攻击状)啊!

【马千军和嘟卡玩了起来,闹得不亦乐乎。

张小雨:宝贝儿,原来你们玩游戏呐!

【张小雨高兴地亲翼翼,翼翼只能无奈地看着爸爸和嘟卡玩游戏。

44.马千军家天台　夜　外

【翼翼一个人垂头丧气地坐在天台。天台上的墙面被翼翼画上了许多"黑暗骑士"的图像。

翼翼 OS:这个外星人太狡猾!

【翼翼郁闷地看着星空,成年翼翼的旁白画外音响起。

成年翼翼 OS:后来,我向班主任方老师、邻居王爷爷,还有学校实验室的科学家叔叔都举报过嘟卡……

45.学校办公室　日　内

【翼翼站在方老师面前很严肃地说话。

翼翼:真的,他可以从上锁的柜子里逃出来,还可以……

【方老师饶有趣味地听着,还不时摸着自己的发型。

46.马千军家家外走廊　日　内

【翼翼跟隔壁家的邻居大爷说话。

翼翼:王爷爷,您相信我吗?

王大爷:(耳背)你说什么?

47. 学校实验室　日　内
【翼翼拉着穿白大褂的科学家说话。
翼翼:真的,那真的是一个外星人!
【科学家在桌上铺开一排不同长相的外星人图片。
科学家:他长得最接近哪一款啊?
【翼翼指指自己。
科学家:再见!

48. 街道　日　外
【翼翼背着书包郁闷地走着,感觉全世界都和自己格格不入。
成年翼翼OS:可是没有人相信我,他们反倒都和嘟卡相处得很愉快。

49. 学校办公室　日　内
【随着成年翼翼的解说,画面回到学校办公室,方老师正给嘟卡别一朵小红花。
方老师:嘟卡,你今天的考试又得了满分!
嘟卡:(一拍手)嘟卡!

50.马千军家家外走廊　日　内

　　【隔壁王爷爷正在走廊等电梯。

　　王大爷:(生气)电梯怎么还不来!

　　【嘟卡从马千军家里一溜烟跑出来,帮王爷爷按下电梯按键。

　　【电梯随后到达,王爷爷颤巍巍地走进电梯。

　　王大爷:乖!

　　嘟卡:(一拍手)嘟卡!

51.学校实验室　日　内

　　【科学家正因为研究不出结果,抓着脑袋四处撞墙。

　　【嘟卡从实验室的柜子里拿出几种五颜六色的瓶子摆在了桌上,科学家盯着这几个瓶子细细一看,恍然大悟一拍脑袋。

　　科学家:啊! 啊! 啊! 原来是这样!

　　嘟卡:(一拍手)嘟卡!

52.街道　日　外

　　【画面回到翼翼背着书包郁闷地走在街道上,他看着结伴而行的行人从他的身边走过。

　　翼翼:(叹了一口气)真理,往往都是孤独的。

53.汽车里 / 郊外小路　　日　内 / 外

【阳光明媚的一天,马千军一家人一起驾车出游。

【车上,马千军开着车,张小雨坐在副驾驶座位上,翼翼和嘟卡坐在车后座上。

张小雨:哦,我太开心了,和我的两个宝贝儿一起郊游!

翼翼:(焦虑地)你们难道不觉得,一个8岁的小孩,考试永远满分,在家里就知道王爷爷没按电梯,还能破解科学难题,这些都很奇怪吗?

张小雨:是有点奇怪哦!

马千军:是太奇怪了! 小外星人,你说说吧!

嘟卡:因为我是无所不能的——嘟卡!

【马千军夫妇哈哈笑。

张小雨:宝贝儿,让妈妈亲亲!

【嘟卡趴上前,张小雨亲嘟卡。

【翼翼看着"愚昧"的父母,无奈地摇头。

翼翼:(叹气)地球,终将因为你们而毁灭!

【马千军的汽车在郊外小路上行驶,一路满是千军夫妇和嘟卡的欢声笑语。

【忽然,汽车停了下来。

【马千军从车上下来检查车,发现轮胎坏了。

【马千军回到车上。

马千军:是轮胎坏了,估计过会儿得维修了,我得打电话……

嘟卡:(一拍手)嘟卡,爸爸不用打电话,我会修!

马千军夫妇、翼翼:(吃惊)你会修轮胎?

【同场转】

【汽车仍然停在原处。汽车旁边的草地上,摊着野餐布、各种水果和一副纸牌,马千军一家准备就地野餐。

【马千军在后备箱拿出摄影机。

马千军:咱们还是等维修车过来吧!

张小雨:先来进行路边野餐,当当当当,宝贝们,快来吧!

【马千军开机。

马千军:我的小外星人们,快来看镜头!

【马千军一边拍摄,一边随手拿起一个苹果咬了一口。

【翼翼无精打采地下车走过去,嘟卡却从另一边车门直接下车,并钻到了汽车下。

【马千军夫妇急忙跑过来往车下看,马千军手里还是一手拿苹果,一手拿摄影机。

马千军:嘟卡!

张小雨:宝贝儿,你快出来!

【几乎一瞬间,嘟卡从车底下钻出来,脸上脏兮兮的。

嘟卡:(得意地一拍手)嘟卡! 我修好了!

【马千军夫妇面面相觑。

马千军:修好了?

【翼翼终于觉得找到机会了,急忙大呼。

翼翼:还不奇怪吗? 还不奇怪吗? 一个8岁的小孩还会修轮胎!

【马千军发愣,忽然想起来翼翼在厕所里说的话。

【插入闪回。

翼翼:嘟卡真的是——外星人,不然,他不可能接住我发射过去的所有水果!

【马千军不由自主地把手里的苹果扔了过去,眼看着苹果就要砸到嘟卡的脸。

张小雨:马千军,你干吗!

【张小雨冲过去,可是已经来不及了。就在苹果离嘟卡的脸只有0.01厘米的时候,时间仿佛凝固住了。在所有人都没反应过来的时候,嘟卡不知道怎么回事,瞬间接住了马千军的苹果。

【嘟卡一脸纯真,兴高采烈地将苹果给马千军递了回去。

嘟卡:爸爸,你的苹果!

54.小山坡　日　外

【于是,嘟卡被用野餐布绑在一棵树上了。马千军不可思议地反复看刚才录下的DV视频,发现没有任何破绽。

嘟卡:哎哟哎哟!

张小雨:马千军,你疯了吧!快放开孩子!

【张小雨要去解开嘟卡,却被马千军拦住。

马千军:嘟卡,说,你真的是外星人吗?你是来毁灭地球的吗?如果是这样,(做攻击手势)我代表地球,消灭你!

翼翼:(泪眼汪汪)爸爸,你终于相信我了!

嘟卡:我不是外星人。

【张小雨着急地在一旁想解开嘟卡,却解不开,急忙又去拉着马千军。

张小雨:你看,宝贝儿不是外星人!你快解开……

【就在这时,嘟卡忽然自己走了出来,绳子在众目睽睽之下不知何时松在了地上。

嘟卡:(一拍手)嘟卡!(对张小雨)妈妈,我自己解开了!

【张小雨见状,瞬间晕倒。

【同场转。

【马千军夫妇、翼翼三人紧张地围着嘟卡。

嘟卡:好吧……我坦白我的身份吧,但是我真不是外星人……

马千军:那你是什么东西?

嘟卡:我也是生活在地球上的人类。

张小雨:那你刚才那……那怎么回事?

嘟卡:我是生活在地球上……"高维度空间"里的人类。

【马千军夫妇和翼翼明显都被震惊到了,惊讶地张大了嘴巴。

嘟卡:一到三维你们都知道吧?

翼翼:我知道,我看书上说,"一维"就是"一个点","二维"是"平面",就是"一张无限放大的纸","三维"就是我们的"立体空间",就像一个立方体,有长宽高!

嘟卡:那你知道"四维"吗?

【马千军努力调动了自己脑子里的知识储备,终于想起来。

马千军:"四维"是"立体空间加上时间"。

嘟卡:没错,我就是——"四维人"。

马千军:怎么可能!我拍的科幻片都没你说得离谱!

【嘟卡摊摊手表示理解。

嘟卡：我表示理解，"低维人"是没办法感受到"高维人"存在的，但是我们"高维度空间"里的人却一直都能看到你们。就像……你们可以看到"二维空间"里的人，比如说，"扑克牌"上的人，但是"扑克牌"上的人却不能看到你们。

【嘟卡捡起地上一张扑克牌，一边比画一边解说。

嘟卡："扑克牌"的世界就是"一张纸"，假如这个"扑克人"有生命，他可以往"东、南、西、北"看。但是在这个平面上，他不管能看多远，却永远也看不见纸的"上面"和"下面"！因为他的世界就是一个"平面"。

【嘟卡把"扑克牌"放在翼翼眼睛前，与眼睛"同水平高"。

嘟卡：来，哥哥，你眯起眼睛。

【翼翼撇开脑袋不搭理翼翼，马千军夫妇凑过来，眯上眼睛，眼睛与"扑克牌水平"往前看。

嘟卡：爸爸妈妈你们看，现在你们就是"扑克牌的视角"。

【马千军夫妇的主观视角，俩人的眼睛成了一道缝，透过"这条缝"里只能看到翼翼衣服上的"一道条纹"。

嘟卡："二维世界"不管有多大，但它就是一个

"平面",所以"二维人"连"这道条纹"都看不全,只能看到"一根线"。所以,他们根本看不到你们。

【翼翼虽然撇着脑袋,但是一直很仔细地听着嘟卡的介绍。

翼翼:(故作姿态)切,你讲的这些,都太小儿科了,我早就知道了,"二维人"看不见"三维人","三维人"看不见"四维人",那我怎么能看见你呢?

嘟卡:那是因为我现在来到了你们的"三维空间"。

马千军:有点意思。所以,什么真人秀录视频都是你编的?

【嘟卡不好意思地点点头。

张小雨:不对,那你怎么知道我们去充过话费呢?

嘟卡:因为……"四维人"比"三维人"多了"时间的维度",所以我们可以看到——"任何时间里的你们"。

【马千军夫妇、翼翼又受到了极大的震惊,都惊讶地张大了嘴巴,面面相觑。

马千军夫妇:什么意思?

【嘟卡拿起马千军的摄影机。

嘟卡:太复杂了,我就简单说吧,我们就像生活在这个摄影机里,"随时可以调出任何一段时间翻看",就像爸爸刚才翻看我修轮胎的画面一样。

【马千军夫妇、翼翼又张大了嘴巴,面面相觑。嘟卡想到了一个主意。

嘟卡:(一拍手)嘟卡!我直接给你们看吧!

【嘟卡用自己的一个手按在另一个手的手指上,像打开按钮一样。

【忽然,嘟卡面前出现了一个"透明的屏幕"。

【马千军夫妇、翼翼看着"凭空出现的屏幕",又不约而同惊讶地张开了嘴巴。

【这时候,屏幕里出现画面。

【屏幕里:学校花园,翼翼在一棵小树上刷强力胶。

【嘟卡用手指像"快进"一般划拉另一个手指。

嘟卡:这跟摄影机"快进、倒退"一样!

【翼翼和嘟卡走到学校花园的小树旁。

【画面快进到翼翼被按在了树上,翼翼表情十分尴尬。

【画面又快进。翼翼被粘在树上起不来了,他使劲扭动身体,小树忽然被连根拔起,还牢牢地粘在翼翼的背上。

张小雨:所以那天……
马千军:你背了一棵树……
【马千军和张小雨都使劲憋着笑。
翼翼:(无奈地)换一个换一个。
【嘟卡又倒着划拉了一下手指。

【屏幕里,马千军家客厅,翼翼布置柜子角上的蛋糕,用一根鱼线连到桌角。

翼翼:(尴尬地)怎么尽是这些? 换一个换一个。
【嘟卡又划拉一下。

【屏幕里的画面转换到翼翼卧室,翼翼把蜘蛛塞进气球里。

翼翼:(忽然恍然大悟)哦,我知道了! 怪不得你都不会中计,原来你早就看到了!
【翼翼正要找嘟卡算账,却发现马千军夫妇早就叉着腰看着翼翼要跟他算账了。
马千军夫妇:原来,你就是这么捉弄弟弟妹妹的!
嘟卡:但是,爸爸妈妈,翼翼其实是个好哥哥。
马千军夫妇、翼翼:好哥哥?

嘟卡:你们再看。

【嘟卡又快进。

【屏幕里的画面变成:马千军家客厅,翼翼和嘟卡玩捉迷藏。

【翼翼趴在墙上数"一二三四五六七……"。

马千军:(好奇地)哎哟,还有声音呢!
嘟卡:不光有声音,连你们想什么,我都知道。
翼翼:(尴尬)不会吧!

【画面里的翼翼数着数,忽然旁边出现了跟漫画书里一样的悬浮云朵,云朵里弹出翼翼心里想的话,字幕显示是:"怎么还不躲进衣柜?"

【嘟卡都知道了翼翼的想法,但还是故意在翼翼旁边溜达。

嘟卡:(解说)这就是你们"想的内容"。
翼翼:为什么和漫画书里一样!
嘟卡:因为这是以前的"四维人"不小心泄露的!其实"三维空间"里,也会经常有贪玩的"四维人"来玩耍,比如哈利波特。

【翼翼又想开口问,但还是忍住了。马千军夫妇却是一副很感兴趣的样子。

马千军：哈利波特是四维人？

嘟卡：是啊，魔法师都是四维人，还有一些老人也会来玩，他们有的会跟你们展示轻功。

马千军：就是那种武侠片里的轻功？

嘟卡：对啊！

马千军：太神奇了！我还拍过这样的片子，那时候，我们是用威亚吊起来的！原来这些都是真的，他们都是"四维人"啊！

嘟卡：但是我们"四维人"可没有一点危险性，地球也是我们的家，我们可不会毁灭地球。

【此时的屏幕里，正播放着嘟卡看着翼翼笑，躲进衣柜。

翼翼：那你为什么要来这里？
【嘟卡操作手势，让屏幕暂停。

嘟卡：因为我爸妈说，"四维人"是不可以随便来"三维空间"的，所以，我就特别想来看看！现在正好是夏令营，我就来啦！叛逆期嘛，你们懂的！

翼翼：（审讯状）就这么简单？

嘟卡：就是这么简单啊！为了不被我爸爸妈妈发现，所以我必须一直戴着这件斗篷，用帽子遮住脸，这样……哈哈,你们知道了吧,我爸爸妈妈的个子高,我的个子矮,他们看我的视线是"从高往低"……

张小雨:我知道我知道,就像一个俯拍的镜头,对不对?

【马千军高举起摄影机俯视着拍嘟卡,果然只能拍到嘟卡的帽子,脸被帽子遮住了。

嘟卡:(一拍手)嘟卡!就是这样,他们就不能发现我偷溜到"三维空间"啦!

【嘟卡操作,屏幕又动了起来。

【屏幕里,马千军家客厅,翼翼进门,忽然看到桌上放着的面包。

【翼翼旁边弹出云朵框,里面出现:"面包!我忘了放面包!"

【嘟卡又快进。

【屏幕里,运输中心服务台,翼翼气喘吁吁地问工作人员。

翼翼:(有点语无伦次)阿姨,我要联系一辆车……有一个柜子,一定要赶紧打开!

【翼翼旁边的云朵框出现字幕:"不然嘟卡真的要完蛋了……"

嘟卡:你们看,翼翼哥哥其实很担心我呢!

【马千军夫妇看着屏幕面面相觑,忽然,俩人齐刷刷看向翼翼。

马千军:翼翼,你是把嘟卡寄走了吗?

【翼翼尴尬。

55.马千军家客厅 夜 内

【在得知了这一切事情后,马千军夫妇决定和翼翼好好谈一谈。他们让翼翼坐在中间,张小雨温柔地抱着翼翼。

张小雨:翼翼宝贝儿,妈妈是罕见的熊猫血,你知道的,熊猫血要二胎可能是有危险的……

翼翼:所以你还要?

张小雨:妈妈当然知道,但妈妈真的希望能给你生个小弟弟或小妹妹,妈妈也希望你接受嘟卡弟弟。因为我从小就是独生子女,妈妈真的特别羡慕你爸爸,能有一个姐姐。

翼翼:你再来一个这样的姐姐,我们家得搬空了吧?

【马千军夫妇尴尬。

张小雨:呃……

马千军:(打圆场)啊,翼翼,虽然这个姐姐是有点……但是,你不知道,爸爸小时候可真没少受你姑姑照顾,有人欺负我,你姑姑总是会挺身而出。

张小雨:对对对,我就知道有一次,她为了保护你爸爸不受几个小混混的欺负,跟那些人打得头破血流,流了好多好多血,头上缝了十几针!

马千军:这就叫亲情,不管她平时如何,关键时刻,亲情是血浓于水的,所以……

【翼翼忽然站起来。

翼翼:那好,如果你们想让我接受弟弟妹妹……

张小雨:(期待地)你说。

翼翼:那他们的血型必须和我们是一样的!首先就要给嘟卡验血!

【马千军夫妇没想到翼翼会提这个要求,愣住。

马千军:翼翼,你这不是为难嘟卡吗?你和妈妈是熊猫血,要不,我们看看嘟卡的血型能不能和爸爸一样?

翼翼:不、行!

马千军:那可能性几乎为零啊……

【这时,嘟卡得意地举着一个放大镜状的东西从卧室方向走了出来。

嘟卡:(拍手)嘟卡!我就是熊猫血!

翼翼:(不信)怎么、怎么可能!

嘟卡:不信你看!

【嘟卡把放大镜放在自己的身上,放大镜里出现

"Rh 阴性"字样。

马千军:你这是什么?

【嘟卡又把放大镜放到了马千军身上,放大镜显示"O"字样。

马千军:对哦,我是 O 型血!

张小雨:给我看看,给我看看!

【嘟卡又放到了张小雨和翼翼身上,显示"Rh 阴性"。

张小雨:没错没错!(抱住嘟卡亲)嘟卡宝贝儿,我们连血型都是一样,我们真的太有缘分了!

嘟卡:妈妈,其实是……我们"四维人"可以随时更换血型。

张小雨:哇塞,这么神奇!

翼翼:凭你一个小小的道具,我们为什么相信你啊,你必须跟我去医院检测!

嘟卡:那可不行,我们之所以发明这个"血液检测仪",就是因为我们的血液非常少,所以特别宝贵,我们也不能动不动抽个血!

翼翼:总之我不信!

马千军:这……

【马哈哈忽然推开门。

马哈哈:你家买土豆了吗?

马千军:啊,姐,你来得正好,你快跟翼翼说说,你小时候是怎么保护我的。

马哈哈:怎么保护? 打呗!

翼翼:(质问)姑姑,我爷爷奶奶准备生我爸爸的时候,你真的很欢迎这个弟弟吗?

【马千军夫妇对马哈哈使劲使眼色。

马哈哈:欢迎? 哎哟喂,有句话怎么说来的,小的是宝贝,大的是保姆! 我讨厌死你爸了!

【马哈哈一屁股坐到了沙发上。

【马千军夫妇沮丧叹气。

翼翼:行了,我知道了。现在,我们的事情,我们自己解决。(对嘟卡)你,出来!

【嘟卡跟着翼翼出门。

【马哈哈没心没肺地端起茶几上的水果捎走。

马哈哈:没有土豆啊,有水果也行呀!

56.马千军家天台　夜　外

【翼翼和嘟卡面对面站在天台,气氛有些严肃。

翼翼:我,还有个事问你。

嘟卡:嗯,你说吧哥哥,我会知无不答统统告诉你!

翼翼:你今天说的,还是解释不了你为什么能从封闭空间出来,还有,也解释不了你会修轮胎!

【嘟卡舒了一口气。

嘟卡:原来哥哥不是赶我走啊,(一拍手)嘟卡!

【嘟卡高兴地操作手势。
嘟卡：你看，我看到你用胶水封上了门。

【屏幕里出现，嘟卡走进一个小间关上门。
【翼翼掏出强力胶封上。
【翼翼得意地笑。

【嘟卡一边操作一边演说。
嘟卡：然后我就选择后退，"把时间定到你涂胶水之前"，我选择那个时间出来，然后再"回到你高兴地出去的时间"。你明白了吗？

翼翼：所以说，你修车，就是"把时间调回车坏之前"……

嘟卡：对，然后"把那个轮胎带到现在的时间"。（一拍手）嘟卡！

翼翼：怪不得我斗不过你，你这是无所不能！

嘟卡：对啊，我还可以"看到未来的时间"，所以我才可以帮助学校实验室的科学家！

翼翼：行，我知道我斗不过你，那你可不可以离开，你要玩，你再找别人家去玩，我是绝对不会欢迎你的。

嘟卡：我知道，你现在不接受我，只是因为害怕现在同意接受了我，以后就要同意接受弟弟妹妹。

【翼翼又被看穿了心事,很尴尬。

嘟卡:但是爸爸妈妈不会因为有弟弟妹妹就不爱你了,而且,我们未来还会成为很好的兄弟!

翼翼:(急忙想和嘟卡撇清关系)怎么可能?

嘟卡:当然,"未来也可能会发生变化,会因为某一些因素发生突变",但这,"我就看不到了",这得是"更高维度"的人类才能看到的,比如"五维人",他们可以看到"你的两种不同的未来","六维人"就可以看到"更多的变化"。

翼翼:太好了,那就是说,未来还可以选择喽,那我希望选择"你从我面前消失"的那一种可能!

嘟卡:(调皮地)那我可就看不到喽,反正我只能看到我们成了好兄弟!(得意地拍手)嘟卡!不过,未来的半分钟后我会在你面前消失。

翼翼:为什么?

嘟卡:因为我下楼去了呀!(得意地)但是未来的十秒钟后,会有一个老爷爷跟你说话哦。拜拜!

翼翼:老爷爷?

【嘟卡得意地跑开了,翼翼还在天台琢磨。

【一个老爷爷拄着拐杖正要打翼翼的屁股。

老爷爷:哪来的小孩,快给我下去!

【翼翼惊讶。

57.学校走廊　日　内

【第二天,在学校走廊,依然穿着长帽檐黑色斗篷的嘟卡和往常一样跟在翼翼身后,俩人逆着人流走着。

【成年翼翼的旁白画外音响起。

成年翼翼 OS:自从知道了嘟卡几乎无所不能之后,我放弃了所有的捉弄计划,因为我知道,这些对他都产生不了任何效果,我的所有准备都会被他提前看个明明白白。所以,我必须要进行一个……"没有准备的计划"!

【同学笑笑迎面走来。

笑笑:"形影不离"的好兄弟,什么时候把会长让给我啊?

【翼翼懒得搭理笑笑,继续往前走,嘟卡也快步跟上。

嘟卡:哥哥你等等我!

58.学校餐厅　日　内

【学校的一个休闲餐厅,冰冰和街舞社团的同学正聊着天喝着饮料。

【翼翼和嘟卡走进餐厅。冰冰一眼看到翼翼。

冰冰:翼翼。

【翼翼一看到冰冰,急忙往另一侧绕着走,嘟卡不知什么情况,也跟着哥哥往另一侧走。

【冰冰往前几步一把拉住翼翼。

冰冰:翼翼,你真的不考虑来街舞社吗?

翼翼:笑话,我是孤独的"《黑暗骑士》爱好者"协会会长,怎么可能来你们这个小街舞社!

冰冰:你可以参加两个社团啊,我可是听人说你会跳街舞的。

翼翼:谁说的? 怎么可能!

【翼翼急忙又往另一侧走,嘟卡跟屁虫一样同样跟上,冰冰紧跟着往那一侧一拦。几个回合,翼翼还是绕过了冰冰,往餐厅售卖窗口走去,嘟卡也跟了过去。

【冰冰只能看着俩人离开的背影毫无办法,这时大妞一边吃鸡腿一边走过来。

大妞:冰冰,他不参加,我参加!

冰冰:可是……(急忙转移话题)啊,大妞,那个小跟屁虫是谁啊?

大妞:他弟弟。

冰冰:(惊讶地)弟弟? 翼翼居然能接受有一个弟弟?

大妞:对啊,我可不能接受别人分走我半只鸡腿。

冰冰:但是你们可以一人一只啊。

大妞:那我为什么不能吃两只?

冰冰:那你们一人两只。

大妞:那我为什么不能吃四只?

冰冰:那你们一人四只。

大妞:那我为什么不能吃八只?

【另一侧,翼翼买好一杯饮料坐下喝,嘟卡在对面咽着口水。

嘟卡:哥哥,这是什么味儿的啊?

翼翼:橘子。

嘟卡:橘子味儿是什么味儿的啊?

翼翼:酸的。

嘟卡:酸的味道好喝吗?

翼翼:好喝。

嘟卡:怎么好喝啊?

【翼翼看了一眼咽口水的嘟卡。

翼翼:很好喝。

【翼翼忽然趁嘟卡不注意,快速起身摘掉了嘟卡的黑帽斗篷,跑到窗口仰着头对窗外喊。

翼翼:嘟卡在这儿!嘟卡在这儿!快让他回家!

【什么动静也没有,翼翼沮丧,一转头看嘟卡,却发现他早就打上了一顶黑伞,正在嘬自己的饮料喝。而所有人都没有看嘟卡,却都莫名其妙地看着自己。翼翼尴尬极了。

冰冰:(试探地)翼翼……你怎么了……

【翼翼尴尬地丢下嘟卡的披风，快步跑开。

59.学校操场看台　日　外
　　【重新穿上黑帽披风的嘟卡追到操场看台，此时翼翼正在前面往台阶上走。
　　嘟卡：(喊)哥哥！
　　翼翼：(边走边回头喷怒大喊)你是上天派来专门折磨我的吗？抢我的爸爸妈妈，还天天黏着我，刚才，还让我当着那么多人的面出丑！
　　嘟卡：哥哥，我不是故意的，这种情况下我肯定要打伞的……
　　翼翼：(抢白)我明明没有去想，"我要摘掉你的帽子让你爸爸妈妈看见"，我明明没有去想，我已经控制住我的想法了！为什么你又知道？你又知道！
　　嘟卡：(委屈地)可是哥哥，你在想"我不要去想"的时候，我就看见了……
　　【嘟卡停下脚步，操作手势。
　　【在翼翼面前忽然凭空出现一个屏幕拦住了翼翼的去路，翼翼一下子停住了脚步。

　　【屏幕里，学校走廊，戴着黑帽斗篷的嘟卡跟在翼翼身后，逆着人流走着。
　　【笑笑迎面走来。

笑笑："形影不离"的好兄弟,什么时候把会长让给我啊?

【翼翼懒得搭理笑笑,继续往前走,嘟卡也快步跟上。

嘟卡:哥哥你等等我!

【翼翼和嘟卡的背影,翼翼身旁出现了想象的云朵框,里面出现字幕:"哼,一会我就能甩掉这个黏人虫了。"

【一会儿,字幕又出现:"不,我不能想,我不能计划,我要完全不计划,忽然拿掉他的帽子,让他的……"

【字幕又出现:"不不不,我不能想,对,我没有在想。一切都是如此地——完美!完美重读音。"

翼翼:(崩溃地抓头发)为什么"完美重读音"你都知道?

嘟卡:(委屈地)因为你想了嘛……

翼翼:哦——我觉得我的未来不是和你成了好兄弟,是疯掉了!

嘟卡:哥哥,其实你换一下想法,有个"四维人"弟弟不是一件很酷的事情吗?

翼翼:是很苦,苦恼的苦!

嘟卡:你可以随时看到所有人的想法。

翼翼:没兴趣。

嘟卡:那我看看冰冰刚才有没有觉得你很可笑,你不要看?

翼翼:我……我才不稀罕。

嘟卡:好,那你可不许偷看哦!

【嘟卡在台阶上坐下,又操作手势。屏幕变到了嘟卡的面前。

【翼翼又往前走了几步,也在另一侧坐下,故意把头撇开,眼睛却忍不住往屏幕上瞟。

【嘟卡面前的屏幕出现画面。

【屏幕里,学校餐厅,翼翼在窗口对窗外喊。

翼翼:嘟卡在这儿!嘟卡在这儿!快让他回家!

【什么动静也没有,翼翼沮丧,一转头看嘟卡,却发现他早就打上了一顶黑伞,正在喝自己的饮料喝。而所有人都没有看嘟卡,却都莫名其妙地看着自己。

【所有人脑袋上弹出各种云朵框,有的里面显示:"翼翼在干吗?"有的显示:"哈哈哈翼翼好傻。"有的显示:"翼翼总是这样怪里怪气的"……

冰冰:(试探地)翼翼……你怎么了……

【冰冰的脑袋边上弹出云朵。

【看到这里,翼翼终于忍不住把头整个转向屏幕看。

【冰冰脑袋边上的云朵显示:"翼翼是不是生病了,我要不要去找校医老师帮忙?"

【嘟卡做暂停手势。
嘟卡:看,冰冰没取笑你,她还想帮助你呢!
【翼翼此时完全忘记了之前说过的"绝对不偷看",忍不住走过来盯着屏幕仔细地看了看那句话。
翼翼:(念)"翼翼是不是生病了,我要不要去找校医老师帮忙?"她真的是这么想的?没觉得我可笑?
嘟卡:绝对不会!不信,我现在就带你再去找冰冰,你自己去看。
翼翼:(随口)那不行,你打开屏幕,别人也会看见的。
嘟卡:哥哥,你担心我被别人发现身份!
翼翼:(尴尬)谁说的!我可没有!
嘟卡:哥哥,我看现在发生的画面,可不用打开屏幕,所以你刚才脑袋里想的内容,我可都看到了!你就是在担心我!
翼翼:(尴尬)呃……反正,反正我又看不到冰冰怎么想,都是你给我看的,谁知道你动了什么手脚,反正、反正我不信!
嘟卡:那简单啊,我只要握着你的手,你就可以和我一样,可以随时看到别人的想法。

翼翼:(不可思议)怎么可能!

【嘟卡一下子握住了翼翼的手,翼翼一开始还想要挣脱。

嘟卡:哥哥你看我。

【翼翼抬头。

【翼翼主观视角。

【翼翼发现嘟卡根本没有动,旁边却出现了一个云朵框,里面出现字幕:"哥哥,我没骗你吧?嘟卡!对了,我还要拍个手!"

【翼翼惊讶地张大了嘴巴。

60.学校操场　日　外

【嘟卡和翼翼手拉手走着。

【翼翼主观视角。

【遇见捡垃圾的男生 A。

【男生 A 低头没看俩人,云朵框字幕:"为什么又是被罚捡垃圾,方老师能不能有个新的创意啊?洗厕所我也没意见啊。"

【翼翼惊讶地看着嘟卡。
翼翼:洗厕所他也没有意见?
【俩人继续往前走。

【翼翼主观视角。
【遇见从跑道上迎面跑来的男生B。
男生B:(挥手,气喘吁吁)翼翼!嘟卡!
【男生B云朵框字幕:"不是说兄弟俩感情不好么,还手拉手,这是一条好八卦!"

【男生B跑过。
【翼翼急忙松开嘟卡的手。
嘟卡:哥哥,你不去看看冰冰怎么想的了?
【翼翼犹豫了一下,不情愿地又拉起嘟卡的手。
【嘟卡得意地露出标志性的灿烂笑容,俩人继续往前走。
【遇见两个边压腿边闲聊的女生A、B。

【翼翼主观视角。
女生A:昨天的数学考试太难了……
女生B:我也是,太难了……
【女生A云朵框:"这么简单的题,我怎么会做错呢……哎……"

【女生 B 云朵框:"我还是不要说我考了全班第一吧……"

【翼翼看向嘟卡。

翼翼:(小声又震惊地)对,小月昨天的数学考了全班第一。

嘟卡:(得意地拍手)嘟卡!哥哥相信我了吧!

【翼翼意识到自己刚才有点激动,又立刻恢复面无表情,一扯嘟卡的手,做出没什么兴趣的样子。

翼翼:快走快走。

【俩人继续拉着手往前,忽然翼翼另一只手的小拇指抖动了几下。翼翼一愣,停下了脚步奇怪地看着自己的小拇指。

嘟卡:别害怕,那是因为我的小拇指动了。

【嘟卡举起自己另一只手的小拇指,小拇指在抖动,翼翼的小拇指也在轻微抖动。

嘟卡:这是我和我妈妈的"思念手势",因为你拉着我的手,所以也感受到了。

翼翼:这又是什么"特异功能"?

嘟卡:这可不是什么"特异功能",就跟你们三维人发信息一样,我妈妈想我了,就抖动一下小指,告诉我"宝贝儿,我想你啦",就是这么简单。咱们也可以设定一个啊!

翼翼:不用!

【嘟卡忽然用手拉着眼角做了一个鬼脸,翼翼也被带动地做了同样的动作。

嘟卡:设定好了!(一拍手)嘟卡!

【嘟卡又急忙拉住翼翼。

翼翼:什么啊,我才不要跟你设定这么丑的动作。

嘟卡:哈哈,放心吧哥哥,你又不是"四维人",你只有在握着我的手的时候才能接收到。

翼翼:那就好!

【俩人继续往前走。

翼翼:不过这个方法倒蛮好,我妈老问我"宝贝儿,想不想妈妈啊",要是我也能有这个功能,我就动动小指回答她好了,这可比说"妈妈我想你"自在多了。

嘟卡:说"我想你"多好呀,我们空间是因为"人和人的距离太远了",我们不光有"空间的距离",还有"时间的错位",所以才需要这样的方式啊!要是我们在一起的时候,我们是一定要"用语言表达"的!哥哥我喜欢你!

【翼翼故意打了个冷战。

翼翼:噫,鸡皮疙瘩掉一地!

【俩人继续往前走。

61.学校小路　日　外

【翼翼和嘟卡走过一个转角,来到学校小路,前面忽然出现一大波同学叽叽喳喳地迎面走来。

嘟卡:哥哥快看!

【翼翼主观视角,所有人旁边都出现写着各种各样的文字的云朵框。

翼翼:真的都在想各种各样的事情!
【翼翼压抑不住自己的好奇,惊喜地穿梭在人流中。

【翼翼主观视角,云朵框里有:"我今天的裙子太丑了,为什么妈妈就不让我穿红裙子";"三乘以八十九等于二百六十七,所以这道题的答案是二六七";"牙齿好痛还要说话,人生太艰难";"我在等待,我在等待,放学的钟声,啊,你为什么还不响起来"……

【嘟卡看着翼翼的表情。
嘟卡:哥哥,怎么样?是不是很好玩?
【翼翼又急忙恢复面无表情装作没什么兴趣的样子。
翼翼:(清清嗓子)还行吧。

【方老师也出现在人流里。

方老师:翼翼,嘟卡,别忘了明天有考试哦!

【翼翼主观镜头,方老师云朵框:"我是宇宙最帅的方老师,我的发型是不是酷毙了?"

翼翼:酷!
【翼翼拉起嘟卡的手就往前跑。
【方老师回头莫名其妙地看着俩人。
方老师:我刚才说出口了吗?

62.学校走廊　日　内

【翼翼和嘟卡走到走廊一角,看到冰冰正在发街舞社的传单,大妞在她旁边吃着爆米花。
冰冰:欢迎来参加我们的街舞社团。
大妞:欢迎欢迎,热烈欢迎!

【翼翼主观视角。
【冰冰云朵框:"怎么还没有同学来报名啊,真发愁……"
【大妞云朵框:"爆米花、爆米花、爆米花儿真好吃!"
【旁边路过的几个同学的云朵框:"我可不喜欢

跳街舞";"爸爸说,好好学习、天天向上,不要去参加那种无聊的社团"……

【翼翼和嘟卡走向冰冰和大妞。
翼翼:冰冰。
【以下对话,冰冰均为翼翼的主观视角。
冰冰:(高兴地)翼翼,你答应要来街舞社了?
【冰冰云朵框:"太棒了!"
翼翼:我……
【大妞递过来一张纸。
大妞:表格,填一下!
【大妞云朵框:"爆米花、爆米花、爆米花儿真好吃!"
翼翼:(对大妞)你怎么……也进街舞社了?
大妞:我已经被授命为:街舞社旁观啦啦队队长!
【大妞云朵框:"爆米花、爆米花、爆米花儿真好吃!"
【冰冰云朵框:"好像也只有这个职位比较合适了……"
翼翼:哦……
【翼翼转过头小声地对嘟卡说话。
翼翼:她怎么不想刚才的事情啊。

嘟卡：(小声对翼翼)那证明她根本没往心里去，所以肯定没有笑话你！

【冰冰奇怪地看着翼翼。

【冰冰云朵框："他们在说什么？他怎么还不填表格？"

嘟卡：(小声对翼翼）冰冰真的很希望你参加街舞社哦。

翼翼：(小声对嘟卡)可是……

【冰冰终于忍不住了。

冰冰：翼翼？

【冰冰云朵框："快填、快填、快填！"

翼翼：(犹豫地看着冰冰)可是……

嘟卡：(在一旁怂恿)快填、快填、快填！

【冰冰见翼翼犹豫，担心他不参加，急忙将表格抽回。

冰冰：没关系，不填也可以直接参加！

【冰冰云朵框："听说翼翼三岁就得过街舞比赛的奖，这个实力队员我必须拿下！"

冰冰：那我们就这么定了……

【冰冰满心欢喜以为大功告成，翼翼不知道怎么办，忽然一把推过嘟卡挡在自己面前。

翼翼：我不参加，他参加！

【冰冰和大妞瞬间傻眼。

【冰冰云朵框:"What?"
【大妞云朵框:"爆米花、爆米花、爆米花儿真好吃!"

63.系列蒙太奇
【嘟卡在学校不同地方,对着镜头大声喊。
嘟卡:哥哥,快教我跳舞!

64.街道　日　外
【翼翼戴着一顶小帽子,背着书包在前面走,嘟卡跟在后面。
嘟卡:哥哥,教我跳舞嘛……
翼翼:你不是无所不能吗?你启动一个会跳舞的时间。
嘟卡:可我任何时间都不会跳舞……
翼翼:那你还让我教,反正你也学不会。
嘟卡:你不记得我跟你说过嘛,"未来也可能会发生变化,会因为某一些因素发生突变"!说不定,我忽然就成了一个跳舞达人啦!
翼翼:(嘲笑)可能吗?
【这时从后面走过来手拉着手的马哈哈母女。
马哈哈:(开玩笑)哟,翼翼,你可得看好弟弟啊,不然,爸爸妈妈就不要你了哦!

嘟卡:(打招呼)姑姑、姐姐!

【翼翼不爽地看了马哈哈母女一眼。

马哈哈:哟,这小帽子不错嘛!

【马哈哈正要伸手拿,翼翼自己摘下了帽子,把它扣到了正在吃东西的大妞头上。

翼翼:送给你了。

马哈哈:哎哟哟,真好看!

【马哈哈拉着大妞的手高兴地离开了。

【翼翼转头对嘟卡说话。

翼翼:如果我姑姑会把拿走的东西还回来,我就相信你可以变成跳舞达人!

【翼翼快步往前走,嘟卡快步追上。

嘟卡:(耍赖)那哥哥你还给我报了街舞社,你教我嘛教我嘛,我也不想在漂亮的冰冰姐姐面前丢人嘛!

【翼翼懒得搭理嘟卡,自顾自走到前面的报刊亭,翻着起里面的杂志。

翼翼:老板,新一期的《黑暗骑士》怎么还没有啊?

【老板专心地嗑着瓜子玩手机。

老板:作者休假。

翼翼:那得等多久啊?

老板:(看了一眼翼翼)你问我啊?我要是知道作

者想玩多久,我咋不上天啊?

【嘟卡还是缠着哥哥。

嘟卡:哥哥,你教我吧!

【翼翼忽然回头看看嘟卡想到了一个主意。

翼翼:行,但是我有一个条件!

65.翼翼卧室　夜　内

【嘟卡用手指操作着屏幕,俩人正看得聚精会神。

【屏幕里,是一个小胡子男人在画漫画。

翼翼:(指着屏幕)看不清里面的内容啊,可以放大吗?

嘟卡:(一拍手)嘟卡!

【嘟卡操作放大。

【屏幕里的画面被放大,出现正在完成的漫画书,黑暗骑士披着斗篷,坐在大马上。

翼翼:快进快进!

【嘟卡操作快进。

【屏幕里的漫画书快速完成,黑暗骑士拯救了一个小女孩。

翼翼：(看得津津有味)要不,咱们直接跳到画完?
嘟卡：那你得先教我跳舞。
翼翼：好吧,那你给我展示一下你的基本功,我得知道你差到什么地步。

【同场转】
【嘟卡跳得巨烂无比,跟做广播体操一样。
【一曲终了,翼翼捂住了眼睛。
翼翼：简直刷新了我的想象!我终于发现了你的弱点,你跳得太烂了!
嘟卡：你跳得好也没用啊,因为你的弱点是,你已经不会在别人面前跳了!
【翼翼没想到自己"不敢在别人面前跳舞了"的秘密也被嘟卡知道了,又尴尬又生气。
翼翼：你!你又偷看我的想法!
嘟卡：(摊摊手)没办法,我天生就看得见嘛!
【翼翼拎起嘟卡的耳朵。
翼翼：别以为你是"四维人",我就不敢打你。
嘟卡：(耍赖)你打啊打啊打啊,我喊妈妈!
【翼翼放下手。
翼翼：哼,你能在别人面前跳也没用,你跳的根本不叫舞蹈,是没有节奏的广播操!

嘟卡:那我能怎么办啊?

翼翼:凉拌!

【俩人虽然嘴上不对付,但是更多的是一种"兄弟打闹"的感觉。

嘟卡:(故意)那黑暗骑士……

翼翼:行吧行吧,(不耐烦地)跳舞,要和节奏产生感觉!

【嘟卡一脸茫然。

翼翼:就是听到音乐你身体自然的反应。

【翼翼一边给自己哼节奏,一边随便展示了一段舞蹈。

翼翼:就是这样,明白了吗?

嘟卡:(鼓掌)哥哥好棒,你居然可以在我面前跳!

翼翼:你不是人!

嘟卡:"四维人"也是人!是哥哥觉得我不是外人,我是家人!(一拍手)嘟卡!

翼翼:Stop!你是男生吗?老说这些起鸡皮疙瘩的话!

嘟卡:可是我说的是"心里话"啊。

翼翼:"心里话",那就"放心里"!行了,现在你会找感觉了吗?

嘟卡:(无辜地)其实,我早就偷偷翻看过你所有跳舞的时间了……

翼翼:(无奈地)朽木不可雕也,算了,太高级的你也不懂,那就从最基础的开始吧!

嘟卡:(高兴地一拍手)嘟卡!

翼翼:从今天起,你要养成习惯,听到音乐,身体就要晃动起来,明白吗?这样感觉就会慢慢来了。

嘟咔:真的可以吗?

【翼翼忽然点击手机放音乐,嘟咔傻站着。

【翼翼拍嘟咔的头。

翼翼:给我晃!

66.系列蒙太奇

【一段音乐,温馨的气氛。

A.马千军家客厅　日　内

【吃饭时间,翼翼举着手机放音乐,嘟咔边吃边机械晃,筷子夹上来的肉片半天没入口。

B.学校大门　昏　外

【马千军夫妇欣喜地发现翼翼和嘟卡手牵手出来。马哈哈趁机捎走了马千军的摄影机,马千军想回头拿,已经无法拿回了。

C.学校花园　日　外

【翼翼和嘟卡躲在学校花园无人的角落,看屏幕里的漫画。

【屏幕里的漫画书一页一页翻过。黑暗骑士受伤。

【翼翼和嘟卡哭得稀里哗啦。

D.马千军家厕所　日　内
【嘟卡举着翼翼的手机放音乐,上厕所的时候机械晃。

E.学校排练室　日　内
【嘟卡给冰冰跳,冰冰捂住了眼睛。

F.翼翼卧室　夜　内
【翼翼和嘟卡看屏幕里的漫画。

【屏幕里,黑暗骑士拯救了一只小猫后,潇洒离开。

【翼翼和嘟卡高兴地击掌。

G.天桥下　　日　　外
【嘟卡对着卖艺的吉他艺人机械晃,摔倒。

H.游乐场　　日　　外
【马千军夫妇发现嘟卡和翼翼拉着手。翼翼看到马千军的云朵框:"看着他们手拉手的样子,我真的感动得想哭。"
【张小雨的云朵框:"一想到我们以后老了离开了,翼翼还能有弟弟妹妹陪伴,心里就踏实多了。"
【马哈哈捎走了张小雨手里的气球给了大妞。

I.马千军家客厅　　日　　内
【翼翼和嘟卡看屏幕里的漫画。
【屏幕里的漫画飞快翻页。
【俩人看得目不转睛。

J.翼翼卧室　　晨　　内
【嘟卡打了一个哈欠,一边穿衣服一边晃。

K.学校排练室　　日　　内
【大妞扔掉了在吃的大棒棒糖,来指导机械的嘟卡跳。

L.马千军家天台　日　外

【翼翼和嘟卡靠在墙上翼翼画的"黑暗骑士"上,看屏幕里的漫画。

【屏幕里的漫画书翻到了最后一页,黑暗骑士把多米诺纸牌人倒下的力量汇聚到了一起,打倒了魔王。

【翼翼满足地笑,嘟卡关上了屏幕。

67.学校排练室　日　内

【音乐延续。

【学校排练室,冰冰和街舞社成员排练街舞,大妞高兴地边吃东西边给大家加油,嘟卡在一旁依然在机械晃。

【这时候音乐停止,大家也跳完纷纷散去。

【冰冰和正在吃东西的大妞走到嘟卡面前。

冰冰:嘟卡,这些时间你的进步很大,但是街舞比赛马上就要到了,你还是要再加油哦!

大妞:练不好,就来跟我一起当啦啦队!

【嘟卡不好意思地挠挠头。

嘟卡:那我再练习一会儿!

冰冰:嘟卡加油!

【冰冰和大妞离开。

【嘟卡对着镜子继续晃,翼翼从门外走了进来。

翼翼:还不错嘛,至少有点节奏了。

嘟卡:哥哥,要不,还是你来参加吧!

翼翼:(白眼)你又不是不知道我现在的问题!街舞比赛,当那么多人面跳,别扭死了!

嘟卡:这有什么别扭?咱们一会跟着爸爸去他演出的剧场看看,到时候我握着你的手,(握住翼翼)你看看观众都想什么,你肯定就不会觉得别扭了!

【翼翼不相信地看嘟卡。

【忽然笑笑和几个"《黑暗骑士》爱好者协会"会员从排练室门口闹哄哄地进来。大家都举着牌子,牌子上面写着:马翼翼退位!

众人:(一边呼喊)退位!退位!退位!

【笑笑眼尖地看到了嘟卡和翼翼拉着手,像发现了"新大陆"一般。

笑笑:你们还拉、着、手,孤独的"黑暗骑士"怎么可以和别人"拉着手"!

众人:退位!退位!退位!

【翼翼急忙甩开嘟卡的手。

笑笑:哼,现在后悔,已经来不及了!从今天起,你不光要退位,我作为新任会长,还要剥夺你说"黑暗骑士"这四个字的权利,你再也不配提起这四个孤独的字!

众人:退位!退位!退位!

【翼翼有些不知所措。嘟卡忽然走上前挡在了翼翼面前。

嘟卡:你们知道《黑暗骑士》的结局吗?

笑笑:你也不可以说这四个字,因为,你是他弟弟!

【翼翼听嘟卡说起《黑暗骑士》的结局,忽然有了自信,他把嘟卡拉开,自己来面对众人。

翼翼:不知道《黑暗骑士》的结局,还好意思当会长!

笑笑:哈哈,你难道不知道"幻影"大师休假了?《黑暗骑士》的大结局,根本就没有被画出来呢!

【所有人哈哈笑。

翼翼:但是,我已经看到了!

笑笑:不可能!

翼翼:那我就告诉你!最后,"黑暗骑士"把"多米诺纸牌人"倒下的力量汇聚到了一起,打倒了魔王。

笑笑:(惊慌)怎么……怎么可能,你瞎说!

翼翼:信不信由你,下个月的3号,"幻影"就会推出《黑暗骑士》的大结局,到时候,你们自己看!

【众人开始议论纷纷。这时候嘟卡趁机钻了回来,对着众人大声宣布。

嘟卡：还有，"黑暗骑士"根本就不是孤独的化身！

笑笑：不是孤独的化身？你小屁孩懂什么！

嘟卡：他最后是把"多米诺纸牌人"的力量汇聚到了一起，所以，他不是孤独的！

【此言一出，所有人炸开了锅，大家纷纷丢下牌子，有的撞墙，有的推搡。"什么？""我不信！""这不可能！"场面一片混乱。翼翼听到这个说法，也愣住了。

笑笑：(痛苦地抓头发)不——不，"黑暗骑士"怎么可以不是孤独的！

【嘟卡得意极了，拉起还在发愣的翼翼的手，跑出了门。

68.汽车里　日　内

【汽车里，马千军开着车，张小雨坐在副驾上。

张小雨：太棒了，今天我们一家人一起去给爸爸的首演加油！

【翼翼和嘟卡坐在后座，后座上还摆着一些扮演海盗的道具。

【翼翼依然沉浸在刚才的情绪里有些走神，但是他想了想，犹豫着还是小声地问了嘟卡。

翼翼："黑暗骑士"……真的不是孤独的？

嘟卡:(小声)我瞎说的。

【翼翼松了一口气,拍拍胸脯。

翼翼:(小声)那就好。

嘟卡:(小声)可是我觉得我说得也挺有道理的啊!

翼翼:(被噎住)你!

【这时候,汽车行驶到一处购物中心外广场,广场上放着很大声的音乐。

【马千军停车。

张小雨:(兴高采烈)宝贝们,你们等我们一会,妈妈要去给爸爸挑一顶好看的黄色假发,因为海盗一般都是——外国人!

【马千军也故意做出海盗很凶的样子,还用着外国人的腔调说话。

马千军:哼,不是外星人,是外国人!

【嘟卡和张小雨哈哈笑。

嘟卡:好的,爸爸妈妈!

翼翼:(淡定)OK。

张小雨:宝贝们要想我们哦!么么……

【马千军夫妇高兴离开。此时广场上的音乐换成了一首欢快劲爆的 Hiphop 曲子。翼翼一个激灵。

翼翼:嘿,你听!

【嘟卡开始机械晃。

翼翼:我不是叫你晃,这首歌是我三岁时参加街舞比赛的音乐。

嘟卡:(一拍手)嘟卡!好棒啊!

翼翼:什么好棒?

嘟卡:我忽然想到了一个好棒的主意!

【嘟卡忽然戴上了一个海盗的独眼眼罩,又机械地晃起来。

嘟卡:哥哥你看,这样去跳舞是不是不那么别扭了?

翼翼:(琢磨)应该……不会有人认出来吧!

【嘟卡嘿嘿一笑。

69.购物中心外广场　日　外

【购物中心外面的广场上,翼翼穿着海盗服,戴着海盗帽子、眼罩,嘟卡还是穿着他的黑帽披风,俩人快步跑到广场。

【俩人忽然站定,再互看一眼,冷不丁地就开始跟着音乐跳起舞来。当然,翼翼跳得很帅,而嘟卡还是他的机械晃。

【周围的人被他们突然的举动吓了一跳,但渐渐就好奇地围了过来。

【翼翼几个漂亮的动作,周围人开始欢呼鼓掌。

【嘟卡机械晃地靠近翼翼,去握住他的一只手,翼翼一边跳舞,一边看围观的群众。

【翼翼主观视角。
【围观的群众云朵框:"好棒!妈妈我也想学街舞!""哇!酷毙了,这是快闪活动吗?我喜欢!""这个小孩太厉害了!""好开心啊老公,我也想去跳,好羡慕啊!"……

【翼翼开心地笑。
【嘟卡放开翼翼,又机械地晃回人群中,然后招呼大家和翼翼一起跳。
【大家纷纷投入舞蹈中,虽然跳得不太标准,但都和翼翼一起欢乐舞蹈。
【马千军夫妇从商场里拿着一顶黄色假发出来,张小雨眼尖地看到了人群中跳舞的"海盗"。

张小雨:千军,你看,这个海盗服……

马千军:(海盗状,外国腔,很凶地)啊!谁敢抢我海盗的衣服!

【马千军就要上前,张小雨又一看旁边在机械晃动的嘟卡,拦住了马千军。

张小雨:(激动地)老公,是翼翼!我们的翼翼又可以在人前跳舞了!

马千军:(也激动地)这……这是我们的翼翼?!

张小雨:走,我们也一起去!

【马千军夫妇也投入到跳舞的人群中,跳舞中,马千军还戴上了黄色假发各种甩头。

【大家尽情舞蹈。

70.学校走廊　日　内

【翼翼和嘟卡都穿着全套"黑暗骑士"装备(包括披风、黑色眼罩、黑色骑士装),气场满满地一起走在走廊,炫酷的气场波及所有路过的同学,笑笑等人都惊讶地被"气场波"震撼摔倒在地上。

71.学校餐厅　日　内

【翼翼和嘟卡来到餐厅,此时冰冰正在陪大妞吃东西。俩人忽然出现在冰冰面前,但是翼翼用披风遮住了脸。

嘟卡:(大声宣布)现在,我要为你们引荐一名街舞界实力战将,他的名字叫作——翼翼!

【与此同时,翼翼放下挡脸的披风。

【在一片惊呼声中,冰冰和大妞也大为惊讶,大妞嘴里的东西都掉了出来。

【翼翼几个帅气的街舞动作展示,所有同学纷纷起立鼓掌。

大妞:(一边吃东西)我就说吧,我弟会跳街舞!

翼翼：原来是你出卖的！

冰冰：这么说，你真的要参加我们街舞社了？

嘟卡：只要你们答应一个条件！

冰冰：你说。

翼翼：我要穿着这一身参加比赛。

所有人：为什么？

嘟卡：为什么你们就不要问了，总之，我哥哥只要穿成这样跳舞，他的表现就会特别好！

翼翼：(有些忐忑)你们可以接受吗……

冰冰：(为难状)这个……

【嘟卡偷偷握住翼翼的手。

【翼翼主观镜头。

【冰冰故作为难，其实云朵框显示："接受，接受，太接受了！"

【嘟卡放开手，和翼翼偷笑。

翼翼：(故意)要是很为难，那就……

冰冰：(急忙抢白)我接受！

【众人欢呼鼓掌。

72.学校排练室　日　内

【学校排练室里，街舞社成员们和冰冰、翼翼排练舞蹈,翼翼领舞,大姐在左边吃着东西喊着加油,嘟卡在右边跟着节奏机械晃。

【舞蹈结束,冰冰按掉了音乐。

冰冰:大家休息一下。

【众人坐下休息,冰冰坐到了翼翼身边。

冰冰:翼翼,你跳得那么棒,应该稍微再加大一点难度。

翼翼:加大难度? 我……我这几年都是自己在家偶尔练习,还是有一些生疏了。

冰冰:可你知道,如果按我们目前的水平……

【翼翼沉默。

冰冰:而且,我们的对手还是崇明路小学,我们第一轮就分配到和他们PK。

【大姐吃着东西坐了过来。

大姐:这么背啊!

【嘟卡也挤了进来。

嘟卡:崇明路小学很厉害吗?

冰冰:他们学校的街舞社团,已经连续三年得了市里的冠军了。

嘟卡:也就三年而已嘛!

翼翼:那我们要庆幸没遇上崇智路小学,我记得他们得过七年冠军。

大姐:(把食物砸在翼翼头上)你不知道崇智路小

学已经改名叫崇明路了吗?

　　翼翼、嘟卡:什么?!

　　冰冰:(沮丧地)没错,十年冠军……

73.马千军家厕所　夜　内

　　【翼翼对着厕所里的镜子给自己鼓劲。

　　翼翼:加油! 你一定可以的!

74.系列蒙太奇

　　A.学校排练室　夜　外

　　【深夜,排练室一个人也没有了,翼翼一个人独自练习高难度动作,却失败了。

　　B.翼翼卧室　夜　内

　　【床边的日历被一只手撕开一页。

　　C.马千军家客厅　夜　内

　　【翼翼一个人练习高难度动作,又失败。

　　D.翼翼卧室　夜　内

　　【床边的日历被一只手又撕开一页。

　　E.马千军家天台　夜　外

【翼翼一个人练习高难度动作,还是失败。

F.翼翼卧室　夜　内
【床边的日历被一只手又撕开一页。

75.翼翼卧室　夜　内
　　【翼翼在房间里练习倒立旋转等高难度动作失败,气馁地坐在地上。
　　【嘟卡打着哈欠走了进来。
　　嘟卡:哥哥,可以睡了吗? 我都困死了。
　　【翼翼看着嘟卡,忽然想到了一个主意。
　　翼翼:喂,你能不能帮我调到我会这些动作的时间啊?
　　【嘟卡一个机灵清醒了。
　　嘟卡:那可不行! 我这个功能,只能针对物品,我可不能把"那个时候的你"带到"现在的空间"!
　　翼翼:那又怎么了?
　　嘟卡:那会出大乱子的!"物品没有思想",但"不同时间里的同一个人"出现在"一个时间空间",就会产生精神错乱!
　　【翼翼无奈摇头。
　　翼翼:那你出去吧,我得继续练习!
　　【翼翼又开始继续练习,嘟卡无奈地走出房门。

76.系列蒙太奇

【床旁的日历一页页被撕下。

【日历停留在了其中一页,2016年10月26日,星期三,上面还有一行手写的小字:加油!翼翼!

77.街舞比赛场地　日　外

【比赛当天,场地内一派热闹。崇明路小学的街舞社团成员正在台上跳舞,领舞的孩子做了各种高难度动作,十分精彩。

【舞台下,穿着"黑暗骑士"服装的翼翼、冰冰和街舞社团成员忧心忡忡地坐在座位上,吃东西的大姐则没心没肺地坐着叫好。

【马千军、马哈哈、方老师也坐在台下。马哈哈将之前从马千军那儿掮来的摄影机加了一根漂亮的绳子挂在了自己的脖子上,俨然已经当成了自己的。马千军瞟了摄影机好几眼,手痒痒想要伸过去拿,但又忍住了。

【嘟卡坐在翼翼边上,看到翼翼担心的神情。

嘟卡:(偷偷推搡翼翼)哥哥别担心,我刚才去看了一下未来时间,今天的比赛,是我们赢!

翼翼:(高兴地)真的?

嘟卡:只要没有什么"突变因素",肯定没问题!
翼翼:那我那个倒立旋转成功了吗?
嘟卡:完美!
翼翼:(酷酷地)总算没有辜负我的辛苦练习。
嘟卡:(一拍手)嘟卡!

【舞台上,崇明路小学的舞蹈结束,众成员下台,主持人上台主持。
主持人:崇明路小学的演出真的是太精彩了,不愧是十年冠军啊!下面是梦想小学街舞社,他们能不能挑战赢我们的十年冠军呢? 让我们以热烈的掌声,有请我们的梦想小学街舞社!

【坐在台下的梦想小学街舞社成员起身,冰冰给大家打气。
冰冰:加油!
【众人将手握到一起,呼喊。
众人:加油!
【方老师也赶紧站起来,摸了摸自己的发型。
方老师:同学们加油!
【所有成员从座位上往舞台走去。
冰冰:(对翼翼)翼翼,看你的了!
【大家经过马千军、马哈哈座位前不远处。

【马千军和马哈哈也站起来给孩子们加油。

马千军:翼翼加油!

马哈哈:大妞加油!

大妞:(一边吃食物一边大喊)妈妈,我就是喊加油的。

马哈哈:那也得加油!

【众人继续往前走,到了舞台边缘的台阶。

【这时候梦想小学正要上台,崇明路小学的同学正要下台,两拨人迎面遇上,崇明路小学的同学冲梦想小学街舞社成员做鬼脸。

嘟卡:(自信地)可不能得意得太早哦!

【嘟卡和翼翼高兴地相视一笑。

【梦想小学街舞社成员上台,众人站好位置等待音乐响起。

【而舞台下,马哈哈高兴地将摄影机打开,将镜头拉近对准了大妞。马千军小心翼翼地伸手将镜头拨到翼翼的位置。马哈哈放下摄影机,一撸袖子做要揍马千军的样子,马千军急忙住手,自己打开了手机对着舞台。

【这时候舞台上音乐起,梦想小学街舞社的跳舞精彩开始。大姐和嘟卡还是一左一右站在舞台两侧,大姐卖力地挥舞彩球,嘟卡卖力地机械晃。

【翼翼一直发挥稳定。

【台下叫好声不断。
方老师:梦想小学!最棒!梦想小学!最棒!
【马千军跟张小雨用手机视频直播。
马千军:(激动地)老婆你看,翼翼太棒了!还有嘟卡,简直萌萌哒!
视频中的张小雨:老公,一定要帮我转达儿子,我真为他们骄傲!
马千军:你快亲自回来告诉他们!我们都想你啦!
视频中的张小雨:嗯,么么么么!我也好想你们,我明天录完节目就回国。
马哈哈:(举着摄影机热泪盈眶地对着两边的人)瞧瞧,瞧瞧,那个挥彩球的是我闺女!
【旁边一个人在翻手机。
【马哈哈一把拉过那个人。
马哈哈:给我专心看!

【音乐高潮处,翼翼做出几个高难度动作,翼翼倒立,旋转。

　　【台下一阵接一阵为翼翼欢呼的叫好声。
　　方老师:翼翼！翼翼！
　　【马千军跟张小雨视频直播。
　　马千军:老婆,我们的翼翼太酷了！
　　视频中的张小雨:太帅了！
　　马哈哈:(热泪盈眶地对着两边的人)我们家大姐的"加油"喊得太好了！
　　【之前看手机的那人急忙热烈鼓掌。

　　【舞台上,翼翼继续倒立,忽然一个重心不稳摔倒,身子砸在了舞台前方的灯上面。
　　【突发这样的情况,街舞社成员立刻围了上去,嘟卡抢先一步围了上去,他看到翼翼磕到的那盏灯上面,有一根长长的钉子。

　　【与此同时台下也是一片惊呼。
　　【马千军和马哈哈、方老师急忙冲上台。
　　【马千军的手机也被丢在了座位上。
　　视频里的张小雨:(焦急地)怎么了千军？发生什么了？

【舞台上,翼翼的身旁已经淌出了一大摊血。

【马千军急忙抱起翼翼往外走,马哈哈着急地拨打120。

马哈哈:喂,120吗?我侄子受伤了,流了一大摊血,好多好多……

【120救护车的声音响起,画面转黑。

78.医院走廊　夜　内

【马千军在医院走廊焦急地踱步。马哈哈也着急地不知道怎么办,大妞也焦急地吃着东西,街舞社成员们都坐在椅子上等待。

冰冰:都怪我,不该让翼翼做这么高难度的动作的……

【众人沉默。

【方老师走过来。

方老师:同学们,太晚了,你们先回家吧。

冰冰:方老师,翼翼不会有事吧……

方老师:不会的,你们放心吧,方老师先送你们回去。

冰冰:(不愿意走)方老师……

方老师:走吧。

【方老师带众人离开,只剩大妞、马哈哈、马千军。

【急救室的大门迟迟还没打开。

79.医院院子　夜　外
　　【嘟卡一个人躲在医院走廊外的院子里,躲在一个角落。
　　嘟卡 OS:怎么会这样?我明明看到未来时间我们赢得了比赛……到底是什么"突变因素"触发了另一种未来……
　　【嘟卡用手操作打开屏幕。
　　【屏幕中出现翼翼跳舞的画面,嘟卡不断快进后退地找。
　　嘟卡 OS:奇怪,都没有啊。难道是之前的什么时候?
　　【嘟卡将屏幕往前划。
　　【屏幕中出现许多嘟卡和翼翼经历过的画面,嘟卡不断快进挑选。

　　【嘟卡忽然停止了快进。

　　【屏幕中,马千军家天台,嘟卡和翼翼在天台。
　　翼翼:太好了,那就是说,未来还可以选择喽,那我希望选择"你从我面前消失"的那一种可能!
　　嘟卡:(调皮地)那我可就看不到喽!

【嘟卡又操作返回重看。

【屏幕里重新放映。
翼翼：那我希望选择"你从我面前消失"的那一种可能！

【嘟卡愣住。
嘟卡 OS：难道是这句话触发了另一种未来？消失？我消失……这是怎么样的未来……这个未来我看不了……怎么办、怎么办？翼翼会不会有事……

80.医院走廊　夜　内
【马千军焦急地在走廊踱步，马哈哈过去握住了马千军的手。
马哈哈：弟啊，当年我头上流血都没事，别怕，翼翼不会有事的，你快坐下歇歇。
【马哈哈拉着马千军坐下。
【急诊室的大门忽然打开，一个护士出来。
【马千军马哈哈急忙迎过去，大妞也跟过去。
护士：病人刚好割到动脉，出血太多，现在急需输血！
【马哈哈和大妞急忙凑到护士面前伸出手。
马哈哈、大妞：抽我的！抽我的！

马千军:(失落地)你们的血不行。

马哈哈:怎么不行啊,咱没钱给你,平时都是你给姐那么多东西,但是血我有啊,给我亲侄子,(一拍胸脯)管够!

马千军:(没工夫解释)不是,翼翼是……

护士:(抢白)你们是Rh阴性熊猫血?

马哈哈、大姐:熊猫血?

马哈哈:要熊猫的血才行吗?

护士:熊猫血是Rh阴性血,像熊猫一样稀少,所以叫熊猫血!我们刚才联系了全市所有的血库,现在都没有Rh阴性。

马哈哈:(抢白)那抽我的,我肯定是,我们是亲人,肯定是一样的!

马千军:(低落地)姐,翼翼是遗传了小雨的血型……

马哈哈:啊?

马千军:(对护士)翼翼妈妈是这个血型。

护士:那快让她来啊!还等什么啊!

马哈哈:我们刚才就打电话跟他妈妈说了,她现在正打飞的赶回来呢!

护士:那要多久啊?救人如救火!可等不了!

马千军:最快到这里还要八个小时!

护士:八个小时?两个小时都不行,再不输血,病人就有生命危险!

马哈哈:什么?

【马哈哈和大妞顿时号啕大哭。马千军在一旁沉默。

【嘟卡不知道什么时候回来了,走了过来。

嘟卡:我可以变成 Rh 阴性。

护士:(惊讶)变成?

嘟卡:(急忙纠正)不不,我是 Rh 阴性。

【马哈哈和大妞高兴地拥抱嘟卡蹦跳起来。

大妞:妈,翼翼有救了!

护士:那还等什么,快跟我来。

【嘟卡就要跟护士走,却被马千军忽然拦住。

马千军:等等。

【马千军想起嘟卡说过的话。

【闪回。

嘟卡:妈妈,其实是……我们"四维空间"里的人,可以更换血型。

张小雨:哇塞,这么神奇!

翼翼:凭你一个小小的道具,我们为什么相信你啊,你必须跟我去医院检测!

嘟卡:那可不行,我们之所以发明这个"血液检测仪",就是因为我们的血液非常少,所以特别宝贵,我们也不能动不动抽个血!

【画面回到医院走廊。
马千军:嘟卡,你可以献血吗?
嘟卡:献一点没事的。
【护士以为是马千军担心孩子年龄小,安慰马千军。
护士:放心,未成年人我们更会严格控制好献血量。
马千军:可他是……
【马千军犹豫了一下,没有说出嘟卡是"四维人"的事情。
嘟卡:(冲马千军郑重点头)爸爸,我没事的。
护士:(对马千军)放心吧。
【护士拎着嘟卡快步走进急救室。
【门被重重关上。不知情的马哈哈和大妞还在拥抱蹦跳。
马哈哈:太好了,太好了,我大侄子有救了!
【马千军却是一脸忧虑。

81.医院急症室献血房间　夜　内
　　【护士拎着嘟卡进了献血房间。
　　护士:小朋友,为保险起见,我们得先验一下血。

嘟卡:姐姐,我真的是Rh阴性,能不能不要验了,多一点血给我哥哥。

护士:那不行的,万一血型不一样,会出大问题的。

嘟卡:可是……

护士:你是因为怕疼吗?

嘟卡:不是……

【没等嘟卡说完,不知情的护士已经把针扎进嘟卡手臂,血液流出。

护士:(安慰地)坚持一下下,你就能救哥哥了。

82.医院急症室　夜　内

【急症室里,嘟卡和翼翼分别躺在两张病床上,翼翼的床边挂着一袋血,嘟卡的血一点一点流进翼翼的身体。

【嘟卡侧脸看着闭着眼睛脸色惨白的翼翼。

嘟卡:(虚弱地)哥哥,你能听到吗?你要快点好起来……

【嘟卡的眼皮终于支撑不住,闭上了眼睛。

【嘟卡主观视角,画面渐黑。

83.医院病房　日　内

【翼翼主观视角,画面渐明。

【翼翼缓缓睁开眼睛,他已经转移到了普通病房,张小雨、马千军正守在翼翼的病床旁。

张小雨:(激动)宝贝儿!

【张小雨喜极而泣,抱住翼翼猛亲。

马千军:(舒了一口气)你可算是醒了!

【翼翼虚弱地一笑。

翼翼:爸爸、妈妈,我刚才昏过去前,我以为……我再也见不到你们了……

张小雨:快别瞎说!

马千军:现在可不是见到了。

翼翼:嗯,好像分开了很久、很久……

张小雨:宝贝儿,这几个小时,妈妈也觉得好久好久……

翼翼:我在梦里好想再见到你们,爸爸、妈妈,还有……(忽然意识到)嘟卡呢?

马千军:嘟卡……

翼翼:(着急)嘟卡怎么了?

【张小雨为难地看着马千军。

马千军:他给你输了血,自己昏迷了,现在还在抢救……

翼翼:抢救?

【翼翼就要坐起来。

翼翼:让我去看看。

【翼翼虚弱地没能从病床上起来。

张小雨:宝贝儿,你刚醒,再躺一会。

马千军:抢救室现在也进不去,你姑姑这一宿都在门口守着,有消息就会过来告诉我们的。

【翼翼忧虑地看着门外,他想起了嘟卡之前说过的话。

【闪回。

嘟卡:我们之所以发明这个"血液检测仪",就是因为我们的血液非常少,所以特别宝贵……

【想到这儿,翼翼躺不住了。

翼翼:不行,妈妈,你帮我找个轮椅,我必须要过去看看!

84.医院走廊　日　内

【伴随着翼翼紧张的呼吸声,马千军夫妇推着翼翼穿过长长的走廊。

翼翼 OS:嘟卡,你可千万不能有事……

【翼翼的脑海里浮现出许许多多和嘟卡一起的情景。

【闪回。

【从门上方倒挂下一个穿着件黑帽披风的男孩。
黑帽男孩:哥哥好!

【闪回。嘟卡和翼翼看《黑暗骑士》。
翼翼:可以放大吗?
嘟卡:(一拍手)嘟卡!
【嘟卡操作放大。
【俩人哭、笑。

【医院走廊,马千军夫妇继续推着翼翼。翼翼担心地皱紧眉头,继续陷入回忆。

【闪回。嘟卡和翼翼在购物中心外广场一起跳舞,嘟卡机械晃。

【医院走廊,马千军夫妇推着翼翼走过一个拐角,远远地,翼翼看见医生正在跟马哈哈和大妞说话。
【医生无奈地摇摇头,就要离开。
【马哈哈一把拽住医生的手不让他走,使劲摇晃医生的手。
【翼翼的呼吸声越来越急促,他不敢相信地看着眼前的一切。

85.医院急诊室　日　内

【急症室里,翼翼坐在轮椅上,守在嘟卡身旁,病床上的嘟卡依然穿着黑色斗篷,长长的帽檐因为躺着半遮在脸上,他面无血色地躺在那里,一动不动。

【气氛像凝固了一半,翼翼不敢相信地回想起马哈哈那带着哭腔的话。

马哈哈OS:医生说,这孩子身体太奇怪,他们已经尽力了。

【翼翼流下眼泪。

翼翼:(轻声呼唤)嘟卡,嘟卡……

【嘟卡毫无反应。

【翼翼轻轻地摇晃嘟卡的手。

翼翼:嘟卡,你不是"四维人"吗?你不是很厉害吗!你醒醒……

【嘟卡还是毫无反应,翼翼趴在床边无助地埋头哭泣。他又陷入了回忆。

86.马千军家天台　夜　外

【闪回,街舞比赛前一夜的晚上,翼翼和嘟卡并排坐在天台上看星星。

嘟卡:明天就要比赛了,好紧张啊……

翼翼:你们四维人也会紧张?

嘟卡:(露出灿烂的笑容)因为我不会跳呀!

翼翼:没事,你好好晃,你就是我们的幸运节拍器!

嘟卡:(一拍手)嘟卡!那大姐姐姐就是加油女神!

翼翼:所以我们必胜!

【嘟卡对着天空举起手。

嘟卡:必胜!

【翼翼看着嘟卡,随口问道。

翼翼:喂,你们"四维空间"什么样啊?

嘟卡:和这儿没什么两样,我不是说过了,就是人和人的距离比较远。

翼翼:有多远?

嘟卡:就像……(指着星星)一颗星星和另一颗星星的距离吧,所以我们要有"思念手势"啊!

【翼翼遥望星空。

翼翼:我知道,那得用光年来计算。

嘟卡:所以我喜欢这儿,有爸爸、妈妈,还有哥哥,天天都能陪我。

翼翼:是你黏着我!

87.医院急诊室　日　内

【画面回到医院急症室,翼翼依然趴在床边哭泣。

【嘟卡的一句话在翼翼耳边再次回响。

嘟卡 OS：就像……一颗星星和另一颗星星的距离吧，所以我们要有"思念手势"啊。

【翼翼忽然想到了什么，抬起了头。

翼翼：思念手势？对，思念手势！

【翼翼急忙拿起嘟卡的手，抖动他的小指。

【翼翼看嘟卡，毫无反应。

翼翼：是不是这样？为什么没反应？

【翼翼继续抖嘟卡的小指。

翼翼：(着急)到底是怎么样？

【嘟卡还是毫无反应，翼翼一想，又急忙去摘掉嘟卡身上的帽子，继续使劲抖嘟卡的小手指。

翼翼：(着急) 嘟卡的爸爸妈妈，你们快来救嘟卡！到底是不是这样抖啊……

【屋子里的一切都没发生变化。

【翼翼隔着被子抱起嘟卡埋头大哭。

翼翼：嘟卡！我到底要怎么救你啊……

【忽然，翼翼感觉到手里空了，翼翼一抬头，怀里只剩下了一床被子，翼翼急忙掀开被子，里面根本没有嘟卡了。

翼翼：嘟卡？

【翼翼从轮椅上扶着床沿站起来，四处寻找。

翼翼：嘟卡——嘟卡——

88.马千军家小区空镜　日　外

【时间渐渐过去,一棵树上的一片黄叶慢慢脱落,随风飘落到马千军家窗口。

【成年翼翼的旁白画外音响起。

成年翼翼OS:这就是我和嘟卡的故事。从那以后,嘟卡就再也没有出现在我们的生活中。我不知道嘟卡到底怎么样了,是否度过了那次的生死危机……我翻阅了大量有关四维空间的科普读物,还是不能确定"消失"代表的是回到了他们的空间,还是——死亡。

89.马千军家客厅　日　内

【透过窗口可以看到,马千军对着稿子在念台词,张小雨在拖地,一个很平常的生活画面。

成年翼翼OS:但是我告诉爸爸妈妈,嘟卡被他的亲生父母接走了,爸爸妈妈难过了好一阵,但也都为嘟卡的得救而释怀。另外,不可思议的是,从来不还东西的姑姑居然把摄像机还给了我们。

【马哈哈走了进来,把摄影机放在了桌上。

马哈哈:你说这是"一家四口美好的见证,幸福的见证",还是给你们留着吧。

【马哈哈离开,马千军一家三口打开摄影机,看着画面里的嘟卡思念着,含着泪光微笑。

成年翼翼OS：这一刻，我忽然没那么讨厌我的姑姑了，她还回来的这台摄像机，忽然让我们可以和嘟卡一样，随时调出一些还有他的画面，来思念，来回忆，来进入有他存在的时间……

90.马千军卧室　日　内

成年翼翼OS：后来，在我的支持下，爸爸妈妈又生了一个小宝宝，我有了一个可爱的小妹妹。

【马千军和张小雨抱着一个宝宝高兴地哄着，翼翼在一旁逗宝宝。

91.购物中心外广场　日　外

成年翼翼OS：她几个月大就喜欢看我跳街舞，于是，冰冰和我组织了好多次街头快闪，给了爸爸妈妈还有妹妹好几次惊喜。

【马千军夫妇推着婴儿车惊喜状，翼翼已经不需要穿"黑暗骑士"的衣服就能跳舞了，他穿着自己的衣服和街舞社的同学跳着街舞。

【小宝宝在婴儿车里咯咯笑。

成年翼翼OS：她非常喜欢。

92.立体绘本式翻页动画

成年翼翼OS：生活一直在继续，我也渐渐长大，小学……

【小学的卡通翼翼背着书包。

成年翼翼OS:中学……

【翻页,更高的大学卡通翼翼穿着学士服挥学士帽。

成年翼翼OS:大学……

【翻页,穿着西装的卡通翼翼坐着给人开会。

成年翼翼OS:工作。一切平淡而美好。

93.城市空镜　日　外

【镜头从城市遥至一处落地窗玻璃的办公室。

94.公司会议室　日　内

【成年翼翼出场,他正在给众人开会,拍着白板很严肃的样子。

成年翼翼:我希望大家在工作的时候都谨慎些,认真些……

【成年翼翼的旁白画外音又响起。

成年翼翼OS:没错,跟你们讲故事的就是我,现在,我正在处理组员造成的工作失误。

成年翼翼:(严肃地)我说了多少次了,工作一定要严肃,工作不是儿戏……

【正在严肃开会的成年翼翼忽然用手指拉了下

眼角做了个鬼脸,把员工们吓了一跳。

95.医院诊室/走廊　日　内

【成年翼翼在诊室,一个老年医生带着眼镜看着片子。

成年翼翼OS:是的,我偶尔会莫名其妙双手失控,忽然拉下眼角。去看了几次医生,得到的回复都是"间歇性抽搐",但手抽到眼角,也有点太夸张了吧。

【成年翼翼拿着片子走在走廊。

成年翼翼OS:我也有怀疑过,这是不是嘟卡给我发送的"思念讯息",但我又不是"四维人",不是说只能拉着手的时候才能收到讯息吗……也许是,我太思念他了吧……

96.婚礼现场　日　内

【婚礼进行曲响起。

【老年马千军牵着一个穿着婚纱的漂亮女孩的手,把她的手交给新郎。

司仪:新娘父亲将他的宝贝女儿的手放到了新郎手里,这是责任的交接……

【漂亮女孩回头看看老年马千军,俩人都热泪盈眶。

【台下,老年张小雨也是热泪盈眶。

【一旁的成年翼翼拿着手绢哭得鼻涕眼泪稀里哗啦。一个老年马哈哈和吃着东西的成年大妞拍着肩膀安慰他。

【老年马哈哈还不忘将成年翼翼的手绢拿走放进了自己的口袋。

97.马千军家客厅　日　内

成年翼翼 OS:忘了说,我也结婚了,我的妻子是……(不好意思地笑)

【成年翼翼端着一个蛋糕从卧室方向出来,将蛋糕摆在了餐桌上。

成年翼翼:冰冰,快把他们都叫出来吧!

成年翼翼 OS：今天是我儿子马嘟卡的八周岁生日,我们回爸妈家一起庆祝。

【成年冰冰、老年马千军夫妇领着一个八岁的孩子欢呼着出来。

孩子:哦,过生日喽!

【众人围着蛋糕,成年翼翼插上八支蜡烛庆祝。

成年冰冰:小嘟卡生日快乐!

【老年张小雨幸福地亲孩子的脸颊。

老年张小雨:宝贝儿生日快乐!

老年马千军:(对张小雨)去,给朕把灯灭了!

老年张小雨:(对众人)瞧瞧,又演皇上没出戏呢!(一拍马千军)以后再也不让你接皇上的戏了!

【众人哈哈笑,张小雨去把灯关了,这时候的屋里便只有温柔的月光和烛光了。

成年冰冰:小嘟卡,来,我们许愿喽!

【孩子双手合十,闭上眼睛。

【就在这时,忽然,门外响起三下敲门声。孩子一下子睁开了眼睛。

孩子:有人敲门?

【孩子跑过去开门,发现外面根本就没有人。

孩子:谁啊?

【成年翼翼夫妇、老年马千军夫妇跟过去看,孩子往前一步左右看看走廊,还是没人。

孩子:(自语)奇怪……

【孩子正要关门,忽然,从门上方倒挂下一个穿着件黑帽披风的男孩嘟卡。

嘟卡:大侄子生日快乐!

【众人惊讶地张开嘴巴。

【嘟卡跳下来。

嘟卡:不欢迎我吗?

孩子:你是谁?

成年翼翼夫妇、老年马千军夫妇:(惊喜地)嘟卡!

【END,出片尾字幕。

98.马千军家天台　夜　外
　　【温情彩蛋。
　　【依然是小孩模样的嘟卡给成年翼翼跳了一段街舞。
　　成年翼翼:(惊讶地)你真的学会了？
　　嘟卡：未来,"是会因为某一些因素发生突变的"！
　　【俩人笑着并排坐下,此时的夜空,满天都是繁星,俩人坐着和以前一样聊天。
　　成年翼翼:你还是和以前一模一样。
　　嘟卡:我的时间我做主嘛！告诉你一个秘密,其实我比你大多了。
　　成年翼翼:那也是我当哥哥。
　　【俩人忍不住笑了。
　　嘟卡:(质问) 对了, 我给你发了那么多思念手势,你都没收到吗？
　　成年翼翼:(惊喜)那真的是你发的？
　　嘟卡:当然！
　　成年翼翼:你不是说,我们三维人收不到讯息么……
　　嘟卡:拜托,你身上流了那么多我的血！(责怪)

也不知道给我回复一个思念手势!

【成年翼翼看着嘟卡,忽然笑了。

成年翼翼:还是想要在一起的时候,当面对你说,嘟卡弟弟,我好想你!

【成年翼翼用手搂过嘟卡。俩人互相依靠着看着漫天的繁星,这天晚上的星空美丽而宁静,仿佛可以看到那无边无际、辽阔浩瀚的银河系……